FANTASY

Im Goldmann Verlag
liegen bereits folgende Bände
der DRACHENLANZE-Saga vor:

Die Chronik der DRACHENLANZE

1. Drachenzwielicht (24510) • 2. Drachenjäger (24511) • 3. Drachenwinter (24512) • 4. Drachenzauber (24513) • 5. Drachenkrieg (24516) • 6. Drachendämmerung (24517)

Die Legenden der DRACHENLANZE

1. Die Brüder (24527) • 2. Die Stadt der Göttin (24528) • 3. Der Krieg der Brüder (24530) • 4. Die Königin der Finsternis (24531) • 5. Der Hammer der Götter (24533) • 6. Caramons Rückkehr (24534)

Die Geschichte der DRACHENLANZE

1. Die Zitadelle des Magus (24538) • 2. Der Magische Turm (24539) • 3. Die Jagd des Toede (24540) • 4. Der Zauber des Palin (24541) • 5. Der edle Ritter (24542) • 6. Raistlins Tochter (24543)

Das Heldenlied der DRACHENLANZE

1. Das Ehrenwort (24587) • 2. Verrat unter Rittern (24589) • 3. Das Schwert des Königs (24591) • 4. Heldenblut (24593) • 5. Unter dunklen Sternen (24594) • 6. Die Stunde des Skorpions (24595)

Der Bund der DRACHENLANZE

1. Ungleiche Freunde (24602) • 2. Die Erben der Stimme (24603) • 3. Die Stunde der Diebe (24604) • 4. Finstere Pläne (24605) • 5. Das Mädchen mit dem Schwert (24606) • 6. Verspätete Rache (24607) • 7. Schattenreiter (24673) • 8. Das Siegel des Verräters (24674) • 9. Stahl und Stein (24675)

Weitere Bände in Vorbereitung.

MICHAEL WILLIAMS

Der Bund der Drachenlanze 8

DAS SIEGEL DES VERRÄTERS

Aus dem Amerikanischen
von Imke Brodersen

DRAGONLANCE™

GOLDMANN VERLAG

Das Buch erschien im Original unter demTitel
»Dragonlance Saga, Meetings Sextet,
Volume Four: The Oath and the Measure/Chapters 13–24«
bei TSR, Inc., Lake Geneva, WI, USA

Umwelthinweis:
Alle bedruckten Materialien dieses Taschenbuches
sind chlorfrei und umweltschonend.
Das Papier enthält Recycling-Anteile.

Der Goldmann Verlag
ist ein Unternehmen der Verlagsgruppe Bertelsmann

Deutsche Erstveröffentlichung 12/95

Published in the Federal Republic of Germany
by Wilhelm Goldmann Verlag, München
Deutschsprachige Rechte beim
Wilhelm Goldmann Verlag, München
Umschlaggestaltung: Design Team München
Umschlagillustration: TSR/Schlück, Garbsen
Satz: deutsch-türkischer fotosatz, Berlin
Druck: Elsnerdruck, Berlin
Verlagsnummer: 24674
Redaktion: Andreas Helweg/SN
Herstellung: Peter Papenbrok
Made in Germany
ISBN 3-442-24674-1
1 3 5 7 9 10 8 6 4 2

Für Margaret Weis

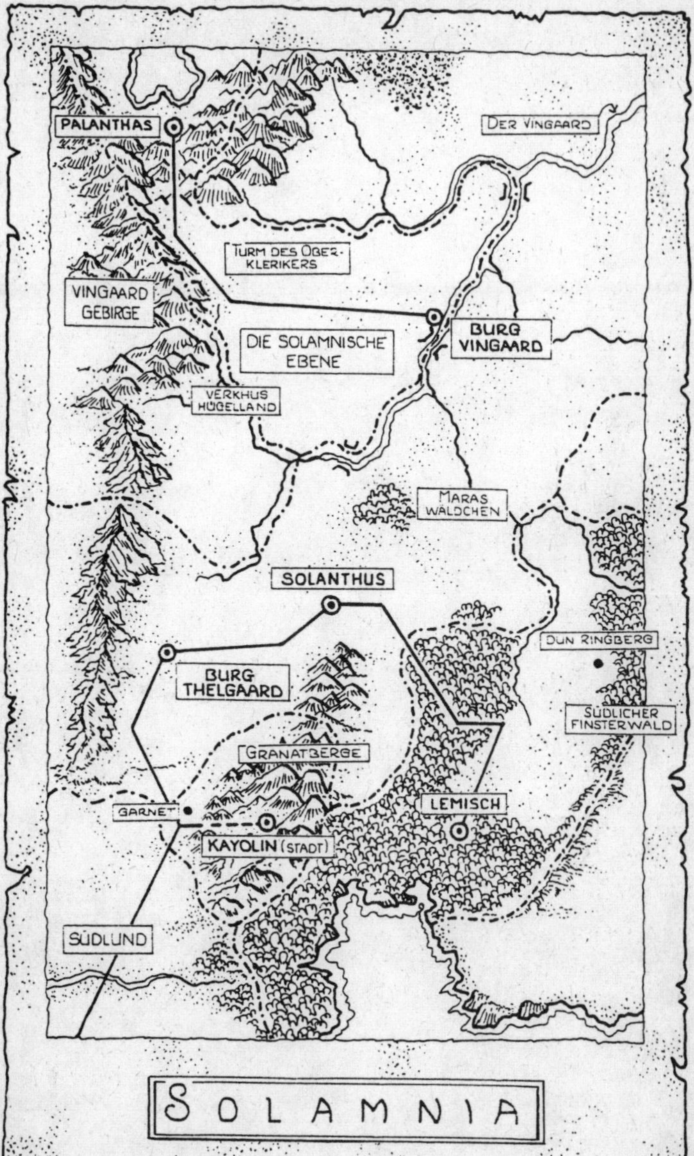
PALANTHAS
DER VINGAARD
TURM DES OBERKLERIKERS
VINGAARD GEBIRGE
BURG VINGAARD
DIE SOLAMNISCHE EBENE
VERKHUS HÜGELLAND
MARAS WÄLDCHEN
SOLANTHUS
DUN RINGBERG
BURG THELGAARD
SÜDLICHER FINSTERWALD
GRANATBERGE
LEMISCH
GARNET
KAYOLIN (STADT)
SÜDLUND
SOLAMNIA

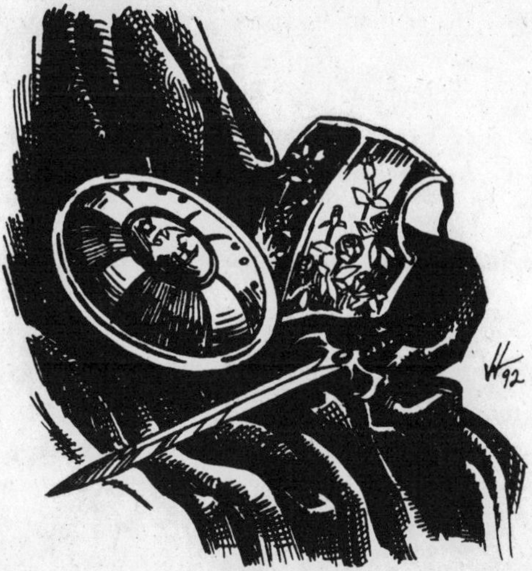

Kapitel 1

Rücktritt voller Erinnerung

Jetzt konnte er zum Turm zurückkehren. Von den höchsten Ästen eines fernen Vallenholzbaumes beobachtete Bonifaz mit einem Fernrohr, wie Sturm festgenommen wurde. Er sah, wie der Junge die Hand ausstreckte, wie der Hauptmann sie ergriff, wie die freundschaftliche Geste steif wurde und wie die Miliz sie alle abführte, die Pferde, die kleine Elfe und Feuerklinge. Alle nach Dun Ringberg, wo die alte Druidin einem wütenden Tribunal vorstehen würde.

Der beste Schwertritter von Solamnia zog seinen dunklen Mantel fester um sich und erbebte vor Freude. Umrahmt vom bedrohlichen, roten Mondlicht sah er von weitem aus wie ein riesiger Rabe oder ein unaussprechliches Wesen mit Fledermausflügeln, das hoch oben in dem mächtigen Baum kauerte. Der Frühlingswind legte sich, und in den oberen Zweigen herrschte wieder tiefster Winter. Es war totenstill, und die Atemwolken von Bonifaz stiegen gespenstisch in die mitternächtliche Luft.

Soll die alte Hexe den Jungen haben, dachte er. Wie eine Spinne glitt er den Baum hinunter.

Sollen sie ihn hängen oder kochen oder was auch immer sie in den Barbarendörfern von Lemisch machen. Egal was, es wäre völlig angemessen.

Und vielleicht würde es ja den Rat im fernen Turm, wo Eid und Maßstab im Schrank verstaubten, aus einem Tiefschlaf reißen. Der Tod seines Schützlings konnte Gunthar Uth Wistan vielleicht zu einem längst überfälligen Feldzug nach Süden verleiten. Dann würden die Menschen in Dun Ringberg, im Finsterwald, in ganz Lemisch und später in Trot und Neraka erfahren, was es hieß, Orden und Maßstab zu mißachten.

Aber selbst wenn Fürst Gunthar sich nicht aus dem Turm bewegte, wenn der Junge nicht gerächt und Lemisch verschont bliebe, wenn diese Nacht das Ende der Angelegenheit wäre, würde Bonifaz trotzdem zufrieden sein. Denn der jahrelange Krieg wäre endlich vorbei.

Fürst Bonifaz von Nebelhafen sprang in den Sattel seines schwarzen Hengstes. Mit der Geschmeidigkeit dessen, der vom Pferd aus auf engstem Raum gekämpft hat, wendete er schwungvoll sein Pferd und ritt in vollem Galopp zum Vingaard, während seine Gedanken bei seinem ältesten Schmerz weilten.

Sie waren zusammen aufgewachsen, Angriff und Bonifaz. Ob mit dem Schwert oder mit dem Buch, in der Reitkunst oder im

Listenreichtum, sie standen einander in nichts nach, und auch von ihren ersten Feldzügen gegen die Oger von Blod bis hin zu den Grenzkriegen mit den Männern aus Neraka gab es kaum Unterschiede zwischen ihnen. Nur ihre Treue zu Eid und Maßstab war nicht dieselbe.

Bonifaz lebte für den Orden und brauchte dessen Regeln und Rituale wie die Luft zum Atmen. Buch um Buch des Maßstabs mit seinen ausführlichen Kapiteln, Listen, Besonderheiten und Ausnahmen hatte er ehrfürchtig auswendig gelernt, bis seine Kameraden ihn lächelnd »den nächsten Hofrichter« genannt hatten.

Sie hatten ihn belächelt, weil sie ihn bewunderten. Dessen war sich der junge Bonifaz sicher gewesen, und während seiner Knappenzeit und den ersten Rängen der Ritterschaft war seine Selbstsicherheit aus der Buchstabentreue erwachsen, aus den Gesetzen und Grenzen, die der Orden gepflegt hatte, seit der Zeit, als Vinas Solamnus zum ersten Mal die Feder in die Tinte getaucht hatte.

Er verstand nicht, wieso Kodex und Maßstab für seinen Freund Angriff mehr ein Spiel waren. Manchmal litt Bonifaz und fürchtete, er würde Angriff noch hinter sich lassen müssen, weil seine eigene Belesenheit und Ernsthaftigkeit in der Rose der wahren Ritterschaft erblühen würden und Angriff nur noch ein Hanswurst wäre, eine warnende Geschichte für zukünftige Ritter, daß Erbe, Aussehen und Großmut einen noch nicht zum Ritter machten. Er erwartete wirklich so etwas, doch auch Angriff wurde Knappe und dann Ritter der Krone, der im vierten Feldzug gegen Neraka ausgezeichnet diente.

Einen schwächeren Freund hätte es geärgert, mit ansehen zu müssen, wie dieses brillante Talent seine Zeit mit Spiel und Musik und Poesie vergeudete, mit allem anderen als Pflicht und Ehre. Einen schwächeren Freund hätte das geärgert, doch Bonifaz hielt zu Angriff, denn er hoffte entgegen allen Anzeichen, daß der Erbe der edlen Linie der Blitzklinges, Sohn von Emelin und Enkel von Bayard Blitzklinge sich der Disziplin zuwenden und dadurch glücklich werden würde, daß jede seiner Taten mit dem unbeugsamen Recht des Maßstabs im Einklang stand.

Bonifaz hoffte. Zumindest bis sein Freund aus dem Osten zurückkehrte.

Einen Monat war der frisch verheiratete Angriff in der Einöde von Estwilde vermißt gewesen, und alle bis auf seine junge Braut Ilys hatten ihn aufgegeben. Bonifaz hatte persönlich mit dem hübschen Mädchen auf dem Rittersporn gestanden, als ihre Augen nach einer durchweinten Woche rot und verschwollen waren, und sie ermahnt, die Tränen zurückzudrängen und den grünen Mantel der solamnischen Witwen anzulegen.

Natürlich hatte er sie nicht aus Haß bedrängt. Schließlich war es eine schwere Zeit für den Orden, in der der Gegner überall seine Kräfte sammelte. Er hatte nur die Chancen ausgerechnet, die gar nicht gut standen.

Sie hatte pflichtschuldig genickt und einen Mantel bei der Weberin bestellt. Es war bereits Frühling, als die Näherin die letzten Stickereien fertigstellte, das überlieferte Zeichen des Phönix. Zwei Tage bevor Ilys offiziell den Mantel anlegen sollte, um nach Kodex und Maßstab als Witwe zu gelten, kam Angriff Feuerklinge über die Solamnische Ebene und ritt langsam durch die Flügel des Habbakuk zu den Toren des Turms hoch. Er war so mit Schlamm verschmiert, daß Pferd und Reiter nicht mehr zu unterscheiden waren, und die ersten Posten hätten ihn fast mit dem Bogen angegriffen, weil sie ihn für einen Zentauren hielten.

Ilys verbarg den Mantel ganz unten in ihrer Mitgifttruhe aus Zedernholz, aus der sie ihn fünfzehn Jahre später wieder herausholen und anlegen würde, und rannte mit den anderen zu den Toren, um ihren Mann zu begrüßen. Auch Bonifaz war zutiefst erleichtert, hatte sich ehrlich und uneingeschränkt gefreut …

Bis er seinem erschöpften Freund die Zügel aus der Hand nahm und die Veränderung in seinen Augen sah.

Irgend etwas war in der Einöde von Estwilde geschehen. Angriff würde nie darüber reden, genausowenig wie über seine Heimreise, doch die respektlose Art, wie er Eid und Maßstab behandelte, entsetzte Bonifaz. Gesetz und Leben waren anscheinend Spielzeug für den lebenslustigen Angriff, der von jenem Tag an nur noch das absolute Mindestmaß an Ergebenheit zeigte. Er verweigerte den Gehorsam, wenn er die Kommandos seiner Vorgesetzten dumm oder gnadenlos fand, er vergab auch seinen Fußsoldaten leichtherzig ihren Ungehorsam, er sprach sich gegen Gottesurteile aus und mied alle zeremoniellen Anlässe, »weil sie ihn nicht mehr interessierten«.

Noch mehr entsetzte Bonifaz, daß Angriff Feuerklinge weder auf Autoritäten noch auf das Schicksal hörte. Der Rat verschloß vor seinem Fehlverhalten die Augen, denn seine Schwertkunst stand in höchster Blüte. Das war das einzig passende Wort dafür. Angriff Feuerklinge vermochte mit einem Schwert Dinge, von denen man bisher – und auch seitdem – noch nicht einmal zu träumen gewagt hatte. Er und Bonifaz hatten beide beim selben Meister gelernt. Die Bewegungen ihrer Schwerter waren im Grunde gleich, aber in den Händen von Angriff Feuerklinge geschah etwas mit einer Waffe. Es war, als wenn das Schwert seinen eigenen Weg ging, dem Angriff folgte. Etwas Freies, Waghalsiges war in seine Art zu kämpfen eingegangen, und keine von Bonifaz' altehrwürdigen Regeln und klassischen Bewegungen konnte dem standhalten.

Bonifaz sah neiderfüllt zu und wartete auf eine Zeit und einen Ort, wo er seine Kunst mit der seines Freundes messen konnte.

Seine Chance kam beim Mittsommerturnier im Jahre 323 nach der Umwälzung. Zweihundert Ritter hatten sich in Burg Thelgaard versammelt, und zum ersten Mal standen sich Angriff und Bonifaz beim Wettkampf der Schwertkunst, der stets am zweiten Turniertag stattfand, im Ring gegenüber.

Bisher war es Brauch gewesen, daß immer nur einer der drei großen solamnischen Schwertmeister zu diesem Turnier antrat – ein Jahr Angriff, das nächste Jahr Bonifaz, im dritten Jahr Gunthar Uth Wistan. Das war eine stillschweigende Übereinkunft, um auch den anderen Ritter eine faire Chance zu geben und die zerstörerische Rivalität zu vermeiden, die bei vielen Künsten in den obersten Rängen aufkommt.

Dreidreiundzwanzig war Angriffs Jahr. Auch wenn es so manchen Ritter überraschte oder gar verärgerte, daß Bonifaz sich für das Turnier aufstellen ließ, war er vom Maßstab her dazu ebenso berechtigt wie jeder andere. Deshalb blieb das Murren leise, und obwohl Gunthar Uth Wistan sich beim Festmahl am Vorabend weigerte, mit Bonifaz zu sprechen, war Angriff freundlich und großzügig und scherzte über die Möglichkeit, daß sie sich morgen beim Turnier gegenüberstehen könnten.

Bonifaz blieb still. In dieser Nacht schlief er unruhig, träumte von blitzenden Klingen im Sonnenlicht und erwachte am nächsten Morgen mit schon müden Armen, da er die ganze Nacht in seinen Träumen gekämpft hatte.

Angriff hatte offenbar tief und fest geschlafen – wie ein starker Baum im tiefsten Winter. Er erwachte gut gelaunt, sang ein altes Lied über Breitschwerter und wilde Tiere und lud Bonifaz gleich zum Frühstück in sein Zelt ein. Während des Essens konnte Bonifaz Angriff nicht ansehen. Wenn sein alter Freund nach einem Stück Obst oder Brot griff, erschrak er wie beim plötzlichen Rascheln einer Viper im trockenen Laub, und an diesem Morgen war seine Meditation schal und nutzlos.

Die Arena war so, wie es die Tradition vorschrieb. Der völlig leere, ebene Kreis im Garten hatte zwanzig Fuß Durchmesser. Nur ein riesiger Olivenbaum reckte seine Äste über den Platz. Bis am Nachmittag die Schwerter aufeinandertreffen sollten, war es ein friedlicher, ruhiger Ort, doch für Bonifaz summte es dort erwartungsvoll und unterschwellig drohend wie ein ganzer Bienenstock.

Die ersten Turnierrunden waren freundschaftliche Routine. Hervorragende Schwertkämpfer standen blutigen Anfängern gegenüber, die schließlich dankbar waren, daß die Turnierregeln stumpfe Waffen vorschrieben, die leichten Schwerter der Sommerspiele.

Bonifaz' erster Gegner erwischte den großen Ritter fast noch im Halbschlaf und erzielte erst einen Punkt, dann noch einen, während sein berühmter Mitstreiter besorgt in die Menge blickte.

War das wegen Angriff Feuerklinge? So wurde gemunkelt. Der ganze Turm war aus dem Häuschen, weil vermutet wurde, daß die beiden am Nachmittag gegeneinander antreten würden. Es wurde spekuliert und gewettet. Würde Angriffs Talent oder Bonifaz' Regeltreue gewinnen? Würde die ungezügelte Inspiration des Mystikers über die schöne Exaktheit und die geschulte Disziplin des Meisters siegen?

Bonifaz richtete seine Aufmerksamkeit wieder auf seinen gegenwärtigen Gegner. Mit rascher, fast mathematischer Gründlichkeit streckte er den jungen Mann zu Boden und setzte seinem hilflosen Gegner die abgerundete Schwertspitze an die Kehle. Schwungvoll wandte Bonifaz sich ab, um wieder jeden Gedanken an Angriff Feuerklinge zu verdrängen, als er sich die Pause gönnte, die er nicht brauchte, und den zweiten Gegner dieses Wettstreits erwartete.

Der nächste Kampf hätte schon zehn Minuten eher beginnen sollen, als sich Gunthar Uth Wistan, Fürst Feuerklinges Sekundant, gefolgt von Angriff selbst, durch die murmelnde Menge drängte. Genauso schnell, wie er dann den Kreis erreichte, besiegte Angriff seinen Gegner, den jungen Medoc Inverno von Zerika. Es war ein so schnelles, unerwartetes Manöver, daß es an Verrücktheit grenzte. Anstatt Sir Medocs ersten, linkischen Stoß zu parieren, wich Angriff vor dem heranstürmenden Jungen einfach nach rechts aus, wechselte das Schwert in die linke Hand und entwaffnete Medoc mit derselben, anstrengungslosen Bewegung, mit der er ihn auch zu Fall brachte und stellte.

Dann trat Angriff zurück und salutierte vor seinem Gegner, der mit finsterem Gesicht auf dem Rücken lag. Überwältigt von der Leichtigkeit und Schnelligkeit des Ganzen, mußte Medoc plötzlich lachen.

»Es ist schon selten«, sagte er, »daß ein Ritter später lachend berichten kann, wie er von einem Schwertmeister so gründlich besiegt wurde! Ich habe Euch einen guten Kampf geliefert, Fürst Angriff!«

Angriff lachte mit ihm und beugte sich mit ebenso großzüger wie respektvoller Geste vor, um dem jungen Ritter hochzuhelfen. Um den ganzen Ring herum erhob sich Gemurmel und höflicher, sprachloser Applaus.

Bonifaz schäumte fast über. Ihm juckte es in den Fingern seiner Schwerthand. Der Mann hatte Eid und Maßstab lange genug lächerlich gemacht, und aus Medocs Lachen zu schließen, war diese Lächerlichkeit wie eine Krankheit, die sich auf die beeindruckten Jungritter übertrug.

Nach der ersten Runde waren noch acht Ritter übrig. Wieder warf man die Lose in den Helm und schüttelte, doch diesmal ging ein enttäuschtes Stöhnen durch die Logen und Balkone, wo die aufgeregten Zuschauer saßen. Denn im nächsten Kampf würden Bonifaz und Angriff gegeneinander antreten. Das war eine Begegnung, die alle gerne aufgeschoben hätten. Diesen spannendsten Kampf hätten sie lieber am Abend gesehen, wenn im Laternenlicht die Glühwürmchen und die Zikaden herauskamen, und dann wäre der beste Schwertkämpfer von Solamnia siegreich aus dem letzten Kampf hervorgegangen. Doch nun würde die spannendste Paarung des Turniers bald vorüber sein, so daß die restlichen Kämpfe überflüssig waren, nur noch ein sanfter Regen nach dem Aufruhr von Donner und Blitz.

Dennoch aber bahnte sich ein Sturm an. Die Luft knisterte, als die beiden Männer sich zum Wettstreit rüsteten – Angriff mit seinem Sekundanten Gunthar Uth Wistan und Bonifaz mit seinem, dem jungen, finsteren Tiberio Uth Matar, dessen Familie zehn Jahre später mit Wappen und allem aus Solamnia verschwunden sein würde. Der Sturm nahte, als die vier Männer in den Kreis traten und die beiden Streiter die Lederhelme und die Leinenhemden des Turniers anlegten.

Das lange, ruhige Vorspiel endete, die Männer stellten sich am Rand des Kreises auf – Angriff und Gunthar ganz nach Osten, Bonifaz und Tiberio nach Westen, und alle warteten regungslos, bis die Trompete erklang, um den Beginn des Zweikampfes zu verkünden.

Angriff sauste wie der Wind durch Licht und Schatten des Kreises. Bonifaz wirbelte wild herum und griff ihn zweimal an, doch Angriff schien überall zu sein, nur nicht im Bereich von Bonifaz' Schwert. Zweimal trafen sich die Klingen, und beide Male mußte Bonifaz taumelnd zurückweichen und sein Bestes geben, um den darauf folgenden Angriff abzuwehren.

Innerhalb von Sekunden wußte Bonifaz, daß er geschlagen war. Er hatte zu lange mit dem Schwert gekämpft, um nicht zu wissen, wann er unterlegen war, wann sein Gegner geschickter, schneller, stärker und waghalsiger war, als er es sich überhaupt vorstellen konnte. Von Anfang an war der Kampf nur eine Frage der Zeit. Wenn Bonifaz sich selbst übertraf und bravourös kämpfte wie nie zuvor, konnte er die Niederlage vielleicht drei oder vier Minuten hinauszögern.

Oh, daß ich mich wenigstens nicht zum Narren mache, schärfte er sich verzweifelt ein. Was auch geschieht, ich will nicht wie ein Narr dastehen! Dann griff er seinen Gegner mit einem letzten, hoffnungslosen Stoß an, wobei er sein Schwert wie eine Lanze führte.

Im nächsten Moment war es, als wären seine heimlichen Gebete erhört worden. Aus irgendeinem Grund – ob aus Übermut oder Fairneß oder einfach aus Gnade, würde Bonifaz nie verstehen – sprang Angriff in die Luft, ergriff einen tiefhängenden Zweig des Olivenbaums und schwang sich geschickt aus dem Weg, um nach einem sauberen Überschlag gut zehn Fuß von seinem vorherigen Platz entfernt zu landen. Ein paar von den jüngeren Rittern applaudierten begeistert, doch auf der Tribüne herrschte größtenteils Schweigen, so verdutzt und überrascht war man.

Doch Bonifaz, der am Rand des Kreises stand, fühlte sich von den Dummheiten seines alten Freundes bloßgestellt.

»Verfahrensfrage an den Rat!« rief er, wobei er sein Schwert zum alten Zeichen des Waffenstillstands hob.

»Stattgegeben, Fürst Bonifaz«, erwiderte Fürst Alfred Merkenin verwirrt, der sich vom rotbeflaggten Balkon, der den Turnierrichtern den besten Blickwinkel bot, zu Bonifaz herunterbeugte. Mitten in einem Turnier eine Verfahrensfrage aufzuwerfen, war gestattet, wenn es auch selten vorkam. Es geschah normalerweise, um eine Verletzung der Regeln der Fairneß zu beanstanden.

So auch hier. Bonifaz kramte rasch in seinem beträchtlichen Erfahrungsschatz nach einem bestimmten Satz, auf den er in seinem jahrelangen Studium des Maßstabs mal gestoßen war, eine Regel des Maßstabs für das Turnier, die besagte ...

Natürlich. Stand es nicht im fünfunddreißigsten Band?

»Holt mir doch bitte den … fünfunddreißigsten Band des kodifizierten Maßstabs.«

Stirnrunzelnd schickte Fürst Alfred einen Knappen nach dem Buch. Der Kampf ruhte, während die zuschauenden Ritter wild spekulierten, welche verstaubte Regel Fürst Bonifaz von Nebelhafen wohl aus seinem Gelehrtenärmel ziehen würde. Angriff sprang wieder zu dem Zweig hoch und kletterte in eine knorrige Gabelung des großen Baums, wo er Platz nahm, um die Rückkehr des Knappen zu erwarten.

Das Buch wurde – von zwei Gelehrten in roten Roben begleitet – zum Balkon gebracht. Fürst Stephan nahm das Buch so vorsichtig, als wäre es aus Glas, und reichte es Fürst Alfred, der es auf seinen Schoß legte und Bonifaz erwartungsvoll anschaute.

Bei meinem Eid und dem Maßstab, laß es so dastehen, wie ich mich erinnere, dachte der Kämpfer. Laß es dastehen, ach, laß es dasein, laß es dasein …

»Es gibt«, fing Bonifaz an, »wenn ich mich recht entsinne … einen Absatz im Maßstab für das Turnier …«

Er machte eine Pause, um den umstehenden Rittern vielsagend zuzunicken.

»… der sich am Ende des fünfunddreißigsten Bands des Maßstabs von Solamnia befindet und in den ersten siebzig Seiten des sechsunddreißigsten Bands weitergeführt wird … einen Absatz über den vollständigen Erhalt des Kreises beim Schwertturnier.«

»Das stimmt allerdings«, antwortete einer der Weisen, der zustimmend sein kahles Haupt neigte. »Band fünfunddreißig, Seite zweihundertachtundsiebzig, Absatz sieben, Artikel zwei.«

Fürst Alfred beugte sich über das Buch, um eilig darin zu blättern. Angriff rutschte von der Gabelung herunter, setzte sich mitten in den Kreis und legte den Kopf schief wie ein Falke und hörte aufmerksam zu.

»Im Ring des Schwertes«, las er vor, »ob an Mittsommer oder zur Sonnenwende oder beim Julfest, hat jeder Ritter, der mitten im Wettkampf oder im Gottesurteil den Kreis verläßt, sein Schwert verwirkt.«

Alfred Merkenin sah perplex auf.

»Schon wahr, hier ist vom Kreis die Rede«, gab er zu, »aber ich verstehe nicht, was das hier zu bedeuten hat.«

»Ganz einfach«, erklärte Fürst Bonifaz, der mit neuer Zuversicht zur Kreismitte ging. »Als Fürst Angriff Feuerklinge sich von der Erde entfernt hat, um ... um meinem Angriff auszuweichen, hat er sich zugleich aus dem Kreis entfernt, so daß ihm die Strafe des Maßstabs gebührt.«

Seine letzten Worte wurden mit Schweigen aufgenommen. Gunthar Uth Wistan trat verärgert vor, doch Angriff hielt ihn mit halb belustigtem, halb erstauntem Ausdruck zurück.

»Ihr könnt ihn im fairen Kampf nicht besiegen«, murrte Gunthar, »darum schlagt Ihr ihn mit ... mit *Mathematik*!«

Bonifaz' Blick wich nicht von Fürst Alfred Merkenin. Schließlich würden er und der Rat nach der Auslegung durch die Weisen über die Sache entscheiden. Alfred starrte jeden der beiden Streiter ein letztes Mal lange an, um dann den roten Vorhang vor den Balkon zu ziehen.

Ihre Entscheidung dauerte keine Stunde. Als der Vorhang aufging, sah Bonifaz die bedrängte Miene von Fürst Stephan Peres. Fürst Bonifaz lächelte, denn er erwartete einen guten Ausgang für sich.

Angriff saß ruhig und abwesend auf dem Boden. Er blickte in das Blätterdach hinauf, durch das die Dämmerung und die ersten Abendsterne zu sehen waren.

»Der Rat ist ... geteilter Meinung über diese Sache«, verkündete Alfred den umstehenden Rittern, wobei er einmal tief Luft holte. »Wenn der Rat sich nicht entscheiden kann, sollen nach dem Maßstab des Turniers die Schriftkundigen des Maßstabs, nach Band zwei, Seite siebenunddreißig, Absatz zwei, Artikel drei, das Urteil fällen.«

»Artikel zwei«, stellte der kahle Gelehrte richtig, der ehrfürchtig die Augen schloß.

Alfred seufzte und nickte. Mit resignierter Stimme sagte er: »Artikel *zwei* des erwähnten Maßstabs von Solamnia ...«

»So daß schließlich und endlich«, fuhr der zweite Weise fort, ein kleiner, grauhaariger Mann, dessen dicker Bart über seine rote Robe fiel, »die Akademie von Solamnia zugunsten von Fürst Bonifaz von Nebelhafen entscheidet. Fürst Angriff Feuerklinge soll für den fraglichen Kampf seines Schwertes verlustig sein.«

Er wußte, es war kompliziert und schmeckte nach rechthaberischer Wortklauberei, doch er hatte gewonnen. Fürst Bonifaz verbarg seine Begeisterung und starrte seinen Gegner ernst an. Tiberio Uth Matar war weniger klug. Er fing an, höhnisch zu kichern, und nicht einmal ein kalter Blick von Fürst Alfred persönlich brachte ihn zum Schweigen.

Angriff lächelte und ließ sein Schwert fallen. Tiberio trat in die Kreismitte, wo er getreu dem Maßstab das weggeworfene Schwert aufhob.

Fröhlich kletterte Tiberio selbst auf den Baum, brach einen knapp fußlangen, höchstens fingerdicken Zweig ab, den er Angriff Feuerklinge frech in den Schoß warf.

»Da habt Ihr Euer Schwert, Feuerklinge«, rief er spöttisch. »Der Baum, der Eure Waffe gestohlen hat, sollte Euch eine zurückgeben!«

Bonifaz rief seinen dreisten Sekundanten zur Ordnung, aber Angriff lachte nur. Langsam und selbstsicher stellte sich Fürst Feuerklinge mit dem Olivenzweig in die Mitte des Rings.

»So sei es, Tiberio«, erklärte er ruhig. »Wie ich den Maßstab gehört habe, steht nicht darin, daß der Kampf zu Ende ist. Mein Schwert ist geschlagen, aber ich noch nicht.«

Gelassen drehte er sich zu Fürst Bonifaz um. Tief in seinen dunklen Augen funkelte unendlicher Schabernack.

»Also, Bonano.« Er nannte ihn beim Spitznamen, wie er es seit dem Beginn ihrer Knappenzeit nicht mehr getan hatte. »Bringen wir es zu Ende? Mann gegen Mann und Schwert gegen Zweig?«

»Sei kein Narr, Angriff«, protestierte Bonifaz wütend und drehte sich um, um Ring und Kampf zu verlassen.

»Wenn du aus dem Ring trittst, hast du dein Schwert verwirkt«, neckte Angriff. »Band Soundso, Seite X, Absatz Y und so weiter.«

Bonifaz fuhr herum und bezähmte seinen Zorn. Neben Angriff kam er sich klein und dumm vor wie ein Junge, der mit der Rute bestraft wird. Kalt trat er mit erhobenem Schwert nach vorn.

»Verfahrensfrage«, sagte er mit drängendem, flehenden Ton. »Steht es im Einklang mit dem Maßstab, wenn der Kampf weitergeht?«

Völlig befremdet wandte sich Fürst Alfred jetzt an die Gelehrten. Zwei Köpfe, einer kahl, einer grau, wurden den Bruchteil eines Augenblicks zusammengesteckt, bevor sie sich gleichzeitig zum Rat umdrehten.

»Wir entscheiden zugunsten von Fürst Angriff«, sagten sie einstimmig.

»Überlegt es Euch, Angriff«, drängte Alfred, aber Bonifaz war sofort losgesprungen, um die mickrige Waffe mit einem einzigen, kraftvollen Schwerthieb durchzuhacken. Angriff wich aus und parierte den gewaltigen Schlag mit einem leichten Streifen seines Olivenzweigs. Da Bonifaz dem Schwung seines Schwertes folgte, ging er in die Knie. Der Helm rutschte ihm über die Augen, und irgendwo aus den hinteren Rängen erklang gedämpfes Gelächter.

Wütend richtete Bonifaz sich auf und schlug wild nach Angriff. Seine Klinge pfiff durch die Abendluft. Angriff duckte sich, kam schnell wieder hoch und schnippte seinem Gegner den Zweig ins Gesicht. Bonifaz stürmte wutschnaubend vor, ohne rechte Balance, und seine Klinge sauste an dem ausweichenden Fürst Feuerklinge vorbei. Lachend ließ Angriff den Zweig blitzschnell auf das bloße Handgelenk seines alten Freundes herunterzischen. Der Zweig brach knackend entzwei, doch Bonifaz schrie auf und ließ das Schwert fallen. Angriff bückte sich rasch nach der Klinge und drückte Bonifaz im Handumdrehen die stumpfe Spitze an den Hals.

»Ich glaube, ich habe gewonnen, Bonano«, erklärte er. »Selbst nach dem Maßstab.«

Darum mußte Bonifaz Angriff umbringen. Erst nach zwölf Jahren war seine Chance gekommen, als Schloß Feuerklinge belagert wurde und das Schicksal der Garnison vom Eintreffen Agion Pfadwächters mit der Verstärkung aus Kastell di Caela abhing.

Es war Bonifaz, der den Räubern verraten hatte, welchen Weg Sir Agion nehmen würde, wie stark seine Truppen wären und an welchem Ort man die Ritter am leichtesten angreifen und vernichten konnte. Seine Worte hatten Angriff Feuerklinge jeder Hoffnung beraubt, und Bonifaz glaubte, Angriff würde sich ins Schloß zurückziehen und die Bauern bis zum letzten Mann bekämpfen.

Es war einfach gewesen, die Spuren zu verwischen. Sie hatten Schloß Feuerklinge mitten in der Nacht verlassen und waren am anderen Morgen vor Sonnenaufgang zurück. Bonifaz hatte nur einen einzigen Ritter mitgenommen, einen käsebleichen Novizen aus Lemisch, an dessen Namen er sich nicht einmal mehr erinnerte. Dazu kam noch eine Eskorte von drei oder vier Fußsoldaten. Die Soldaten waren entbehrlich: Er lieferte sie den Räubern aus, und ihre Leichen gingen in dem Blutbad unter, als die Banditen Agion auflauerten. Der Ritter war in den nachfolgenden Wochen ein praktischer Sündenbock.

Aber vor allem war Angriff Feuerklinge erledigt.

Zwölf Jahre können den Durst nach Rache bis zu einem Grad steigern, wo man alles dafür aufs Spiel setzt. Bonifaz war bereit, selbst dieser letzte Mann zu sein, der bei der Belagerung fallen würde, wenn er dadurch wenigstens Fürst Angriff Feuerklinge sterben sehen würde.

Doch selbst zum Schluß hatte Angriff sich nicht an den Maßstab gehalten. Wo ein wahrer solamnischer Befehlshaber mit dem Schloß gefallen wäre, hatte Fürst Angriff sein Leben für die Garnison geopfert, sich den Bauern ausgeliefert und sie dadurch alle freigekauft.

Einschließlich Bonifaz.

Selbst jetzt erinnerte er sich noch daran – sechs lange Jahre nachdem Angriff auf die fernen Lichter zu in den Schnee hinausgestapft war. Zwei treue Fußsoldaten waren ihm wie irre Gefolgsleute, wie Hunde, gefolgt.

Achtzehn Jahre nach jenem sonnigen Mittsommertag im Ring erinnerte sich Bonifaz deutlich an seine beiden Niederlagen.

Deshalb mußte der junge Sturm sterben. Denn die Linie von Angriff Feuerklinge mußte ein für allemal aussterben, damit alles Ungebührliche, was von dieser Familie ausging, ausgelöscht war, jeder Trotz gegen Kodex und Maßstab unmöglich war, damit so etwas nie wieder im Orden vorkommen würde.

Darüber dachte Bonifaz nach. Während sein schwarzer Hengst auf dem Weg vom Vingaard zum Turm des Oberklerikers Meile um Meile zurücklegte, legte er sich alles ganz genau zurecht, denn seine Gedanken waren hingerissen von den einsamen Gesetzen seines Herzens.

Kapitel 2

Dun Ringberg

Das Dorf, das sich an den Rand des Südlichen Finsterwalds duckte, bestand nur aus zwei Dutzend Hütten und einem großen Versammlungshaus in der Mitte. Der Flecken schien mehr aus dem Wald herauszuwachsen, als an ihn anzugrenzen. Man konnte kaum ausmachen, wo das Dorf endete und die Wildnis begann.

Für die fortgeschrittene Stunde war Dun Ringberg hell erleuchtet – in jedem Fenster Kerzen, auf den Schwellen und in den Straßen Dorfbewohner mit Fackeln und Laternen. Unter anderen Umständen und in anderer Gesellschaft hätte Sturm das einladend, festlich, vielleicht sogar auf ländliche Weise hübsch gefunden. Aber nicht heute nacht: Das ganze Dorf war auf den Beinen, um die Gefangenen zu sehen, und es war kein freundlicher Empfang.

Sturm wurde ausschließlich mit eisigen Blicken bedacht, während er vor der Miliz hertrottete. Die Kinder waren zu mager. Das war das erste, was ihm auffiel. Erst eins, dann noch eins traten mit ausgestreckter Hand – der uralten Geste der Bettler – vor, aber Erwachsene zogen sie zurück, um kalt und heftig auf lemisch mit ihnen zu schimpfen.

Stirnrunzelnd bemühte sich Sturm, aus dem Gerede Worte in Solamnisch oder in Gemeinsprache aufzufangen, doch er hörte nichts als Lemisch mit seinem Strom von langen Vokalen und Pausen.

Hin und wieder wurde etwas nach ihm geworfen. Erdklumpen, Mist und angefaulte Früchte flogen aus der Menge und schlitterten über den harten Erdweg, aber die Angriffe waren halbherzig, und keines der Geschosse kam in seine Nähe.

Hinter ihm ging schweigend Mara, in der überraschend sanften Obhut eines großen, rauhen Bauern, den Hauptmann Duir Oron genannt hatte. Duir selbst eskortierte Sturm und führte ihn vorsichtig und bestimmt, aber nicht grob.

»Was sagen sie, Hauptmann?« fragte Sturm mehr als einmal, aber Duir antwortete nicht. Seine scharfen Augen musterten die ganze Zeit das Versammlungshaus vor ihnen, wo mitten auf dem Platz ein großes Feuer loderte. Als sie sich dem Feuer näherten, führten zwei von den Wachen Eichel und Luin durch die Menschen zum Dorfstall. Sturm sah ihnen durch die Dunkelheit und das trügerische Licht nach. Wo der Stall lag, würde auch die Schmiede zu finden sein.

»Seht lieber nach vorne«, wies ihn Hauptmann Duir an. »Wonach gafft Ihr überhaupt?«

»Nach der Schmiede«, antwortete Sturm. »Ich muß zu Schmied Wieland.«

»Ganz schön vertrauensvoll«, stellte der Hauptmann fest, »Ihr glaubt wohl, daß Ihr Euch aus der Affäre ziehen könnt.«

»Und Eure Leute sind auch vertrauensvoll«, erwiderte Sturm, »wenn ihre mageren Kinder Obst nach Besuchern werfen. Wo bekommt Ihr im März Äpfel her, Hauptmann Duir?«

Die Hand des Wachmanns schloß sich fester um seinen Arm.

»Das könnt Ihr alles mit ihr persönlich ausmachen, schätze ich«, erwiderte er.

»Das heißt, mit der Druidin?« fragte Sturm.

Aber Hauptmann Duir antwortete nicht. Mit einer Geste, die sowohl höflich als auch spöttisch gemeint sein konnte, schickte er Sturm und Mara auf den Platz zu dem hohen Feuer, wo ein leerer Weidenthron wartete, der von einem Dutzend Wachen umringt war.

Sturm hatte das Leben in einem Dorf wie aus dem Bilderbuch kennengelernt, da er längere Zeit am Rand von Solace gewohnt hatte, das damals noch ein unbekannter Ort war, der knapp zehn Jahre später jedoch berühmt sein würde. Als Jack Derry von Dun Ringberg erzählt hatte, hatte sich Sturm auf einen anheimelnden, kleinen Ort gefreut – mit ordentlichen Block- oder Fachwerkhäusern, frisch gedeckten Strohdächern und instandgehaltenen Zäunen.

Lemisch jedoch war unzivilisiert, und die Menschen schämten sich nicht im geringsten für einfache Unterkünfte. Die Häuser waren groß und rund, aus Balken und Weidengeflecht zusammengezimmert, die Dächer aus schwerem, nassem Stroh. Durch ein großes Loch in der Dachmitte zog der Rauch ab, so daß Sturm annahm, daß die Häuser von einem einfachen Feuer in der Mitte geheizt wurden.

Das war zu erwarten gewesen, dachte Sturm. Schließlich

hatte er gehört, daß die Menschen aus Lemisch immer noch im Zeitalter der Finsternis lebten und die Häuser selbst ihrer mächtigsten Herrscher aus solamnischer Sicht kaum Schuppen zu nennen waren.

Was er jedoch nicht erwartet hatte, war der Versammlungsplatz – er blühte und grünte. Inmitten eines wenig einladenden, tristen Dorfes sprießte es direkt aus den Häusern am Platz, denn aus den Wänden wuchsen Blätter und Ranken, als würden die Balken noch leben und treiben.

Dort, inmitten eines von Menschenhand geschaffenen Waldes, erwarteten Sturm und Mara die Druidin Ragnell.

Sie trat unter einem Blätterbaldachin hervor, nachdem drei hübsche Mädchen ihr den Weg mit Lavendel und Fliederblüten bestreut hatten. Die alte Frau war völlig krumm, ihr Gesicht so runzlig und dunkel wie eine Walnußschale, ihr weißes Haar dünn und zerzaust. Sturm dachte an Meeresscheuchen, die spindelförmigen, lebensgroßen Puppen aus Holz und Schlamm, die die Küsten von Kothas und Mithas säumten, um von weitem den Eindruck zu erwecken, die Strände wären ständig bewacht.

Die alte Frau humpelte zu dem Weidenthron, wo sie sich, gestützt von den jungen Mädchen, mit langem, lauten Seufzen niederließ. So leise und rasch wie Vögel hasteten die Mädchen davon. Ihre olivbraune Haut verschwamm im Wald und im flackernden Fackelschein, so daß Sturm aus einiger Entfernung schließlich höchstens noch ihre weißen Kleider wie Geister durch den Wald huschen sah.

»Was bringst du mir, Hauptmann Duir?« fragte die Druidin, wodurch sie Sturms Aufmerksamkeit abrupt wieder auf den Platz, das Licht und die häßliche, alte Frau da drüben auf dem Weidenthron lenkte.

»Einen Solamnier, Lady Ragnell«, gab der Hauptmann bekannt. »Einen Solamnier und seine Gefährtin, eine Elfe.«

»Die Kagonesti sind bei uns willkommen«, entschied Ragnell. »Das Mädchen darf sich im Dorf frei bewegen.«

Wachmann Oron trat höflich, ja, scheu, von Mara weg. Das Elfenmädchen stand von bettelnden Kindern umringt zwischen den Soldaten und wußte nicht recht, was es jetzt tun sollte. Fragend blickte sie zu Sturm, der tonlos das Wort »Geh!« formte. Beinahe widerstrebend bahnte sie sich einen Weg durch die Menschen, bis sie am Rand des Feuerscheins und des Dorfplatzes einen Augenblick stehenblieb, um dann in die Schatten zurückzuweichen.

Nachdem Sturm nun allein der Druidin gegenüberstand, wandte er sich unsicher dem Weidenthron zu. Er wußte nicht, was mit ihm geschehen würde, und noch nebulöser wurde es durch die komischen Geschichten, die er über die Druiden in dieser Gegend gehört hatte. Sturm haßte Unsicherheit und rüstete sich für jede Überraschung, mit der die alte Frau vielleicht aufwarten würde.

Die meisten Ritter von Solamnia kannten Druiden nur vom Hörensagen. Da sie sich am Rande von anderen Religionen bewegten, schien es angebracht zu sein, gegen sie alle vorzugehen, denn vom solamnischen Klerus wurden sie als »Heiden« und »Häretiker« eingestuft. In manchen Teilen von Ansalon verehrten sie angeblich Bäume; andere praktizierten eine merkwürdige, veränderliche Magie, die mehr von den Jahreszeiten abhing als von den Monden der Zauberer. Es gab noch unheimlichere Dinge, die der Junge gehört hatte, aber als er jetzt am Dorffeuer stand, versuchte er, diese furchterregenden Geschichten aus seinen Gedanken zu verdrängen.

Nervös blinzelte er das häßliche, alte Weib an. Sie hatte eine Hakennase, und über ihre rechte Wange schlängelte sich eine weißliche Narbe. Nur die Götter wußten, wie sie dieses Ehrenmal erhalten hatte, und vielleicht kannten nicht einmal diese die Bräuche der Druiden von Lemisch.

Diese runzlige, vernarbte Lady Ragnell war offensichtlich eine Oberdruidin, was auch immer das bedeutete. Alle begegneten ihr mit ehrfürchtigem Respekt, so wie die Ritter eine Edelfrau behandeln würden, doch sie hörten auch auf ihre Ansichten und befolgten ihre Anordnungen. Jetzt blieb Sturm nichts anderes übrig, als zuzuhören. Die alte Frau beugte sich mit funkelnden, schwarzen Augen auf ihrem Thron vor.

»Solamnier sind hier unerwünscht, Bursche. Oder wußtest du das nicht?«

»Ich habe eine wichtige Mission, die mich in den Wald hinter Euch führt«, erklärte Sturm in bester Rittermanier. Er trat vor und straffte die Schultern, denn ihm wurde unvermittelt bewußt, daß noch der Dreck von dem Kampf am Fluß an ihm klebte. Er wünschte, er besäße die selbstsichere Autorität eines Fürsten Alfred oder Gunthar. Seine Stimme, der trotzige Verkündungen neu waren, wirkte in dieser bodenständigen Versammlung schwach und dünn.

Ragnell zuckte mit den Schultern und faltete die Hände fast zierlich im Schoß. Einen kurzen Augenblick konnte Sturm sich vorstellen, wie sie in ihrer Jugend ausgesehen hatte. Damals mußte sie wirklich schön, geradezu atemberaubend, gewesen sein. Aber jetzt waren hundert Jahre vergangen, und sie hatte sich langsam in den Wald um sich her zurückgezogen und war selbst knorrig wie die Bäume geworden.

»Du hast nirgends eine Mission, Junge«, erwiderte sie. Es lag nichts Unfreundliches in ihrer Stimme, keine Drohung. »Du hast überhaupt kein Ziel außer diesem Ort, bis wir das ... Rätsel um dich gelöst haben. Bis dahin ist dein Platz im Rundhaus, in dem Raum, den wir für dich vorbereitet haben.«

»Vielleicht«, schlug Sturm vor, »bin ich im Haus von Jack Derry mehr willkommen.«

Die Druidin schloß kurz die Augen. »Als Jack Derry ging«, antwortete sie, »haben Blätter und Schnee den Weg hinter ihm verdeckt. Kein Jäger in Lemisch könnte ihn finden, und keiner von meinen Leuten würde es versuchen wollen.«

Sturm schluckte beklommen und wandte den Blick von dem kantigen Gesicht der Druidin ab.

»Es sind Jahre vergangen«, stellte sie fest. »Ich kenne keinen Jack Derry mehr.«

Verräter, dachte Sturm wütend und merkte, wie sein Gesicht heiß wurde. Er machte den Mund auf, brachte jedoch kein Wort heraus.

»Aber ich kenne deinen Orden«, fuhr Ragnell fort, »und ich kenne die Geschichte. Und beides ist keine Empfehlung für dich. Unser Land ist immer noch kein Freund von deinem, unser Volk kein Freund des Ordens.«

»Was nicht bedeutet, daß ich Euch schaden will«, erwiderte Sturm.

»Aber es ist wahrscheinlicher, daß du uns schaden wirst, als daß du uns Gutes tust«, antwortete die Druidin, die sich zurücklehnte und ins Feuer blickte, als würde sie in die Zukunft oder in die Vergangenheit sehen.

»So war es immer«, fuhr sie leise fort. »Ihr Ritter seid wie ein Wirbelsturm über dieses Land geritten, habt Dörfer und Hoffnungen zerschlagen bei eurer unablässigen Jagd nach etwas, das ihr gut und rechtschaffen nennt. Aber es gab eine Zeit, erst vor wenigen Jahren, wo eure bedrohliche Rechtschaffenheit zurückgedrängt, fast weggefegt wurde.«

»Die Rebellion?« fragte Sturm, der sich an seine Flucht über den verschneiten Bergpaß in der Obhut von Soren Vardis erinnerte.

»Den Aufschrei, wie wir es nennen«, antwortete Ragnell gemessen. »Als sich das Volk von Lemisch und Südlund und Solamnia gegen den harten, selbstgerechten Orden erhob.«

Sie machte eine Pause, lächelte schief und zeigte dabei eine Zahnlücke.

»Wir waren nahe daran, eure Kavallerie zu zerschlagen«, verkündete sie. »Ich bin Ragnell, die Belagerin, weiß du.«

»Ich ... ich fürchte, dieser Name wird ... in unserer Geschichte nicht erwähnt«, erwiderte Sturm mit taktvoller Zurückhaltung. Die alte Hexe winkte lachend mit ihrer knotigen Hand durch die verrauchte Luft, als würde sie sowohl die Geschichte als auch seine Worte wegwischen.

»Burg Vingaard haben meine Truppen besiegt, ebenso wie die Schlösser Feuerklinge, di Caela und Jochanan. Aber beim Fall von Burg Vingaard habe ich mir diesen Namen gemacht.«

Wie vom Donner gerührt starrte Sturm die keckernde, alte Frau an. Instinktiv griff er an seinen Gürtel, doch seine Schulter wurde zurückgerissen, und die Hand fuhr ziellos durch die Luft.

Was machte das schon, dachte Sturm bitter, als er sich zusammenriß und die Frau vor ihm unnachgiebig anstarrte. Denn schließlich lag sein zerbrochenes Schwert in eine Decke gewickelt auf Luins Sattel. Er wünschte sich einen Dolch, ein Halseisen, Gift – egal was, Hauptsache, es würde dieses monströse Lebewesen umbringen, das da aufgebläht vor ihm saß.

Denn das war die Druidin, von der Fürst Stephan Peres damals im Turm des Oberklerikers gesprochen hatte, als er Sturm den Schild von Angriff Feuerklinge übergeben hatte. Das war die Frau, die Schloß Feuerklinge belagert hatte – die Frau, die – wenn die düsteren Ahnungen wahr waren – seinen Vater getötet hatte.

Mara schlenderte durch die dunklen, dreckigen Seitenstraßen, bis der Lärm der Versammlung hinter ihr lag und von einer eigenartig erwartungsvollen Stille überlagert wurde – vom Lied der Nachtigallen, von Eulenrufen und hin und wieder dem schwachen, ruhelosen Ruf eines Pferdes im Stall.

Sie folgte dem Gewieher in eine Scheune am Ortsrand. Richtig, da war Luin, und in der Box neben ihr fraß Eichel Heu und fühlte sich schon ganz zu Hause. Einen Augenblick verweilte Mara bei den Tieren. Der Gedanke an Flucht war durchaus verführerisch, Silvanost war von Dun Ringberg bequem in vierzehn Tagen zu erreichen, und auf einem gesunden Pferd konnte sie innerhalb von zehn Tagen am Sternenturm sein.

Aber sie mußte auch an Cyren denken: Cyren, der beim ersten Anzeichen von Schwierigkeiten davongerannt war und der zweifellos durch die angrenzende Ebene streifte, Netze baute, ihre Gefangennahme betrauerte und sich vor nächtlichen Geräuschen erschreckte. Solange sie ihn nicht gefunden hatte, durfte sie nicht an Flucht denken.

Dann war da Sturm Feuerklinge. Ja, er war umständlich, und seine närrische Ehrauffassung hatte sie das Wiedersehen und viele Jahre und hinten am Vingaard fast das Leben gekostet. Aber die Ehre eines Narren ist dennoch Ehre. Welches Unheil Sturm auch immer angerichtet hatte, es war stets aus den besten Absichten erwachsen.

Und so drückte Mara in dem nach Heu duftenden Stall ihr Gesicht an die warme Flanke von Jack Derrys kleiner Stute. Eichel schnaubte schläfrig, denn nach dem wohlverdienten Abendessen galten ihre Gedanken zweifellos einem wohlverdienten Nickerchen.

»Ich kann doch nicht einfach losreiten und den Einfaltspinsel hierlassen, oder?« fragte Mara niemand Bestimmten, während ihr Kinn auf Eichels Rücken ruhte. »Einer muß schließlich bei ihm bleiben und ihn beschützen. In Lemisch sind Menschen wie er nicht willkommen, und jetzt sitzt er in diesem Dorf fest, wird bewacht und ...«

Sie machte eine Pause. Hellwach lauschte sie mit ihren scharfen Elfenohren, aber was sie gehört hatte, war nur eine Maus auf dem Speicher.

»... und hat keine Waffe«, flüsterte sie, um den Gedanken zu Ende zu bringen. »Aber dem kann man abhelfen.«

Schnell nahm die Elfe das geborstene Schwert, das immer noch in die Decke gewickelt war, und lief los, um die Schmiede zu suchen.

Wieland, der Schmied, war selbst für sein Handwerk groß – groß und rot, die Unterarme so dick wie ihre Taille. Obwohl er wirklich freundlich und sanft reagierte, war Mara von der rein körperlichen Erscheinung des Mannes schon so eingeschüchtert, daß sie lieber auf der Schwelle der Schmiede stehenblieb, während der gewaltige Schmied sich auf eine Bank setzte, um das Schwert auszuwickeln.

»Das hier, ja?« fragte er, und seine Stimme rumpelte wie ein ganzer Bergrutsch.

»›*Das* hier‹?« fragte Mara. »Soll das heißen, du kennst das Schwert?«

»Allerdings, Mädchen«, antwortete der Schmied, der das wunderbare solamnische Heft in seiner enormen, rußgeschwärzten Hand drehte. »An ein solches Erbstück erinnere ich mich leicht, denn in Dun Ringberg geben wir selten etwas anderes als Armut weiter. Das hier habe ich ... ach, so vor sechs Wochen gesehen. Um Mittwinter, als Lunitari endlich ...«

»In den gleichen Himmelsabschnitt lief wie der weiße Mond«, sagte Mara. Sie war überrascht, daß der Schmied den Lauf der Gestirne verfolgte. »Der Junge, der es dir brachte ...«

»Kein Junge, Mädchen, sondern ein erwachsener Mann mit Bart«, stellte der Schmied richtig, der immer noch das Schwert untersuchte. »Aus dem Norden war er, der Stimme nach, aber ich frag' eigentlich nicht, wo die Leute herkommen.«

Er legte das zerbrochene Schwert – erst die Klinge, dann das beschädigte Heft – vor sich auf die Werkbank. Auf seinem Gesicht lag ein kluger, sinnender Ausdruck. Mit dem Finger zog er verlegen die Runen entlang der Blutrinne der Klinge nach.

»Hätte ihn wohl fragen sollen«, stellte Wieland fest, »wo seine Bitte doch so verrückt war. Denn er wollte, daß ich dieses Schwert verderbe.«

»Es verderben?« fragte Mara.

»Ein Haarriß. Eine Bruchstelle im Metall«, erwiderte der Schmied. Er zeigte es ihr. Stundenlang hätte er weitererzählen können, ihr alle Methoden zeigen können, wie man eine Klinge nutzlos machen konnte.

Konnte, ja, aber nicht wollte. Verächtlich zog er einen Mundwinkel hoch und spuckte ohne Umschweife in den Schmelzofen. »So was mach' ich aber nicht«, erklärte er. »Würde nur ein Schuft machen, eine Waffe versauen.«

Er sah die Klinge liebevoll an und hob sie noch einmal hoch. »Barbarisch«, sagte er, »eine solche Klinge zu versauen. Aber der Mann war ein feiner Herr auf einem schönen, schwarzen Pferd, auch sein Diener beritten und so, die zogen richtig feierlich durch die Gegend. Wollte, daß ich das Schwert ruiniere, damit es so zerbricht, daß es nicht mehr neu zu schmieden ist – sollte wie Porzellan in Dutzende von Stücken zerspringen, die nie wieder richtig zusammenpassen.«

Mara nickte. »Sein Name?« fragte sie.

»Ach, da kann ich dir nicht helfen, Mädchen. Den hat er mir nicht gesagt, hat mich auch keines Blickes mehr gewürdigt, nachdem ich die Sache abgelehnt hatte. Ist einfach hochnäsig wieder abgezogen und sagte, er wüßte einen, der die Sache besser machen könnte. Da hab' ich mich noch gefragt, warum er sich so weit im Süden einen Schmied sucht, wenn er in seiner Gegend einen ebenso guten finden kann.«

Wieland untersuchte blinzelnd den Rand des Schwerts.

»Ist ihm aber wohl auch nicht geglückt. Mein Meister hätte es vielleicht gekonnt – wenigstens ist er der einzige Schmied, von dem ich weiß, daß er dazu fähig ist.«

»Dein Meister?« fragte Mara. Die Selbstsicherheit des

großen Mannes vor ihr ließ nicht auf einen Meister schließen. Sie konnte sich Wieland nicht als Lehrling vorstellen.

»Ja, natürlich«, meinte Wieland. »War Solamnier und hat Stimmen im Metall gehört. Aber Verrat war ebensowenig seine Sache wie meine, und er ist der einzige andere Schmied, den ich kenne, der so etwas hier bewirken oder reparieren könnte.«

Mara sah ihn fragend an, worauf Wieland nickte.

»Ja«, sagte er. »Ich kann dieses Schwert reparieren, Mädchen, und ich mache es gern.«

»Danke«, sagte Mara leise. Jetzt mußte sie nur noch einen Weg finden, wie sie die Waffe dem Gefangenen bringen konnte. Nach einer raschen Verbeugung lief sie rückwärts aus dem Raum, drehte sich dann um und rannte zum Stall zurück. In dem eingewickelten Bündel, das Sturm den größten Teil der Reise auf den Schultern geschleppt hatte, hielt sie Pfeil und Bogen versteckt.

Ihr Gepäck war auf zwei Heuballen ausgebreitet. Mara hätte bei ihrem Leben geschworen, daß es noch fest verschnürt gewesen war, als sie das Schwert zum Schmied gebracht hatte. Doch das Gebäude war dunkel, und die Zeit hatte gedrängt. Zweifellos erinnerte sie sich nicht mehr genau, wenn überhaupt.

Jedenfalls war es jetzt geöffnet. Im schwachen Mondlicht lagen ihre Siebensachen ausgebreitet: eine Bronzeharfe und drei Trillerpfeifen, zwei Roben und ein Beutel mit ihrer alten Muschelsammlung, Cyrens Brosche, sein Siegelring mit dem grünen Drachen der Familie Calamon …

Mit wachsender innerer Unruhe kniete sie auf der Decke über ihren Schätzen.

»Ist es das, was Ihr sucht, Lady?« fragte eine rauhe Stimme hinter ihr.

Mara fuhr herum. Vor ihr stand Hauptmann Duir mit dem

Bogen und dem Köcher voll Pfeile in der Hand. Neben dem Hauptmann stand der riesige Wachmann Oron, dem eine gewisse Enttäuschung vom Gesicht abzulesen war.

»Oh, tut uns leid, daß wir diese Waffen gefunden haben«, erklärte der Hauptmann mit schiefem Lächeln. »Und noch mehr tut es uns leid, daß Ihr trotz des Vertrauens und des Entgegenkommens der Druidin Ragnell zurückgekommen seid, um Eure Waffen zu holen. Ich nehme an, Ihr wolltet als nächstes ... abreisen?«

»Nein«, erwiderte Mara, woraufhin der Hauptmann die Augen zusammenkniff.

»Nun ... wenn Ihr vorhattet, in unserem friedlichen Dörfchen Waffen zu tragen, dann zu welchem Zweck?«

»Ich ... ich ...«, setzte Mara an, doch sie wußte, daß Duir sie durchschaut hatte.

»Ich habe keine Wahl«, sagte der Hauptmann langsam, als Oron mit ausgestreckter Hand auf sie zukam, »als Euch ebenfalls im Rundhaus unterzubringen. Die Freiheit in Dun Ringberg ist ein Privileg, das Ragnell Euch persönlich großzügigerweise zugestanden hat, aber Ihr habt bewiesen, daß Ihr mehr Solamnierin seid als Kagonesti.«

Sie führten sie an der Schmiede vorbei. Wieland stand in der Tür, so daß kaum noch Licht von der Esse herausdrang. Er sah zu, wie sie zur Wiese mit dem Rundhaus und der Zelle neben dem gefangenen Solamnier gebracht wurde.

Wieland schüttelte den Kopf. Seine Gedanken waren ganz woanders. Dann drehte er sich wieder um und schloß die Tür hinter sich. Vorher aber hob er noch die lange Klinge von seiner Bank auf, die im Feuerschein rotsilbern glänzte.

Hätte er nicht den Blasebalg betätigt, so hätte er vielleicht gehört, wie noch jemand vorbeikam, gegen Mitternacht, als sich alle im Dorf in ihre runden Hütten zurückgezogen hatten. Denn vor der Schmiede huschte etwas vorbei, das vorsichtig durch die Gassen eilte und leise zirpte wie eine Grille. Doch irgendwo in dieser merkwürdigen, fremdartigen Sprache schwangen elfische Worte, elfische Ängste und elfische Trauer mit.

Kapitel 3

Was die Druidin wußte

Drei Tage saß Sturm in seiner Zelle. Der Raum, in den man ihn gesteckt hatte, war kaum größer als eine fensterlose Pferdebox. Die Seitenwände gingen in die Decke über, die nach hinten abfiel, wo eine alte Strohmatratze lag. Die vordere Wand war zwölf Fuß hoch. Darüber sah man nur die Decke und das offene Loch über dem Mittelfeuer des Hauses. Nachts blinkte gelegentlich ein Stern durch die Öffnung, und morgens hatte Sturm einmal ganz früh geglaubt, er würde den Silberrand von Solinari sehen. Die meiste Zeit war die Öffnung jedoch ebenso leer wie die Wände, die ihn umgaben und die von zwei stämmigen Angehörigen der Miliz bewacht wurden.

Die Soldaten sprachen nur lemisch und betrachteten ihren solamnischen Gefangenen voller Argwohn. Zweimal am Tag steckte einer von ihnen den Kopf durch die Tür, schob Sturm eine schmutzige Tonschüssel hin und machte die Tür dann schnell wieder zu, um ihn seinem Brei und seinen Gedanken zu überlassen.

Diese ganze Sache mit Jack Derry beschäftigte ihn unablässig. Es war doch überaus seltsam, daß keiner aus dem Dorf – von der Druidin bis zu den Wärtern seiner Zelle – irgend etwas über den Gärtner wußte.

Noch drängender war die Frage, was aus Mara geworden war. Sturm nahm an, daß sie in Sicherheit war, doch nachts hatte er einmal oder zweimal geglaubt, er würde ganz in der Nähe ihre Stimme hören. In der zweiten Nacht hätte er schwören können, er würde das dünne, klagende Lied einer Flöte aus dem Nachbarraum hören.

In der dritten Nacht seiner Gefangenschaft hörte er wieder das Lied der Flöte. Jetzt erkannte er wie damals auf der Ebene die alte Elfenhymne, deren klare, traurige Worte die Luft im Haus erfüllten und den Rauch in die sternenreiche Nacht hinaustrieben.

»Der Wind
Taucht durch die Tage.
In der Jahreszeit, während der Nacht
Entstehen große Königreiche.

Der Atem
Der Feuerfliege, des Vogels,
Der Bäume, der Menschen
Verblaßt in einem Wort.

Der Schlaf jetzt,
Unser ältester Freund,
Wiegt sich in den Bäumen
Und ruft
Uns zu sich.

Die unendlich lange Zeit,
Die tausend Leben
Der Menschen und ihre Geschichten
Kehren in ihre Gräber ein.

Aber wir,
Das ewige Volk
Im Gedicht und in der Pracht
Verblassen im Lied.«

Sturm schloß die Augen und hörte genau zu, ließ sich weder durch Gedanken noch durch seine Sinne ablenken. Mara hatte von dem Lied gesprochen, das in den Pausen verborgen war, von der Magie der weißen Weise, die den meisten Ohren nicht zugänglich ist. Lag vielleicht eine Botschaft zwischen den Worten, die sie sang?

Lange lauschte er angestrengt auf die Töne und die Pausen zwischen den Zeilen. Aber in der Stille fiel ihm nichts auf. »Nichts«, murmelte er und legte sich auf sein Strohlager. »Nur Wunschdenken und Elfenverse.«

Als die Nacht fortschritt, nahm er die Melodie nur noch unbewußt wahr. In den frühen Morgenstunden, als er in jenem eigenartig erwartungsvollen Zustand zwischen Schlafen und Wachen dämmerte, hörte er, wie Mara wieder zu singen begann.

Und beim dritten Mal hörte er etwas: Wunschdenken vielleicht oder Verse, aber trotzdem hatte sich *etwas* in die letzten Strophen des Liedes eingeschlichen.

»Die unendlich lange Zeit
keine Angst keine Angst
Die tausend Leben
Der Menschen und ihre Geschichten
Kehren in ihre Gräber ein.

Aber wir,
hör zu hör zu
Das ewige Volk
Im Gedicht und in der Pracht,
Verblassen im Lied.
Magie fließt frei in der Luft.«

In der Musik dieser Pausen lagen Süße und Sicherheit und der sichere Eindruck, daß die Finsternis nicht abgrundtief war.

Sturm traten Tränen in die Augen, während die Melodien – die hörbare und die unhörbare – in der verrauchten Nachtluft verklangen. Er saß senkrecht auf seinem Lager. In der Stille, die auf das Lied folgte, bemühte er sich, Worte, Anweisungen, Rat oder Trost zu hören, aber es gab nichts als das Schnarchen einer etwas entfernten Wache und das Knistern des Feuers.

Hellwach legte er sich jetzt wieder hin und bemühte sich, wieder einzuschlafen, doch erst nach Stunden machte er die Augen zu und war sofort in tiefen Schlaf versunken.

Am vierten Morgen ging die Tür wie gewohnt auf. Sturm setzte sich nach der unruhigen Nacht etwas hungriger auf als sonst und hoffte, der Brei würde heute morgen etwas besser schmecken. Doch nicht sein Frühstück kam, sondern die Druidin Ragnell.

Eskortiert von Wachmann Oron trat die alte Frau herein. Mit einer raschen Handbewegung entließ sie den großen Kerl, der ihr widerstrebend nachsah, als er die Tür hinter ihr schloß.

»Dir ist klar, daß du lange hier sein wirst«, sagte sie.

Sturm sagte kein Wort. Wie sollte er mit der Mörderin seines Vaters reden? Wütend legte er sich wieder auf die Matratze und drehte sein Gesicht zur Wand.

Hinter sich hörte er die Druidin schlurfen und husten. Es war schwer, sie sich an der Spitze einer Armee vorzustellen.

»Und das ist deine Begrüßung?« fragte sie. »Das ist die berühmte solamnische Höflichkeit?«

Sturm wälzte sich herum und warf ihr durch den Raum einen zutiefst haßerfüllten Blick zu.

»Vielen Dank, Lady«, antwortete er mit eisiger Höflichkeit, »aber ich würde meinen Brei Eurer Gegenwart vorziehen.«

Die Druidin lächelte. Mit knackenden Gelenken setzte sie sich vor ihn. Aus den Falten ihrer Robe zog sie einen Zweig – Weide vielleicht, doch mit Pflanzen kannte Sturm sich kaum aus, so daß er es nicht genau feststellen konnte. Mit sicherer, gekonnter Geste malte sie einen Kreis auf den Erdboden.

»Dein Vergehen ist schwer, Kleiner«, stellte sie fest. »Schwer und teuer.«

»Vergehen? Daß ich von bewaffneten Wachen vor Euch geschleppt wurde?«

Die Druidin ignorierte ihn, denn ihre Augen lagen auf dem Staubhäufchen in dem frisch gezogenen Kreis. Bald merkte Sturm, wie seine Augen unwillkürlich den raschen, kreisenden Bewegungen ihres Stocks folgten.

»Es ist ein Vergehen«, erklärte sie, »denn die Menschen in Lemisch fürchten die Legionen der Solamnier, ihre hellen Schwerter, ihre Pferde und die Rechtschaffenheit in ihren Augen.«

»Vielleicht ist ihre Furcht selbstverschuldet, Lady Ragnell!« gab Sturm zurück. »Vielleicht schreit noch ein Verbrechen in Lemisch nach Gerechtigkeit! Vielleicht stehen verlassene Schlösser im Norden, die davon zeugen –«

»Wovon zeugen?« unterbrach die Druidin mit ruhiger, ungerührter Stimme. Tief in ihren Augen sah Sturm ein Flackern. Zorn? Belustigung? Er wußte es nicht.

»Vielleicht gibt es einen Grund, Sturm Feuerklinge«, besänftigte ihn Lady Ragnell. »Die jungen Leute glauben das, und deshalb bitten wir sie, das Schwert zu ergreifen.«

Sturm hörte ihr kaum zu, denn sein Blick hing schon wieder an dem Staubkreis fest, der jetzt weiter wurde – wie Ringe auf der Oberfläche eines ruhigen Teichs, wenn etwas ins Wasser geworfen wird.

»Aber ich wollte nicht über Politik streiten, junger Mann«, sagte Ragnell. Jetzt begann sie zu singen, wobei sich der Staub um sie erhob. »Oder über Förmlichkeiten auf dem Land und bei Hof, ich wollte nicht loben oder strafen, sondern nur zeigen ...«

Ihre Stimme hob sich zum Gesang. Sturm hörte eine der alten Weisen und bemühte sich, sie einzuordnen. Dann glaubte er, tief in den Atempausen zwischen den Noten, tief im Raum zwischen denWorten, eine zweite Melodie zu vernehmen, ein Lied unterhalb der Worte und Gedanken.

»Ich zeige dir eine Handvoll Staub«, rezitierte Ragnell, deren Stab sich schneller und schneller bewegte. »Eine Handvoll Staub zeige ich dir ...«

Ein verschneites Land erstreckte sich glatt und baumlos vor ihm, so echt, daß er zitterte, wenn er es ansah.

Trot. Etwas verriet ihm, daß die Steppen von Trot vor ihm lagen. Er sah zurück in den Winter, Monate zurück, auf dickes Eis und den Jahreswechsel.

Es war einmal, begann eine ironische Stimme, deren Worte durch den kalten Wind tönten, den er hören und fühlen konnte. Überrascht schüttelte Sturm den Kopf. Er konnte nicht ausmachen, ob diese Stimme von Mara stammte oder aus dem Singsang der Druidin.

Zur Julzeit im Goblinland, fuhr die Stimme fort. Jetzt war ein Dorf zu sehen, ein Dutzend einfacher Hütten, die halb im Schnee versunken waren. Rauch stieg von einem großen Feuer in der Mitte auf, und kleine, kräftige Gestalten in Pelzen liefen gebückt zwischen den Schatten herum.

Ein verwahrloster, einsamer Ort in der winterlichen Einöde von Trot. Schon bei dem Anblick sträubten sich Sturm die Haare, denn das erinnerte ihn an Geschichten von Goblinüberfällen, von Horden, die so schnell und gnadenlos nahten wie Wölfe.

Als der Trupp Solamnier schnell wie ein Sturm über der Winterwüste aus dem Schnee brach, war Sturm hingerissen. Er hielt den Atem an. Zwanzig, vielleicht fünfundzwanzig Ritter in Mantel und Rüstung mit gezückten Schwertern und dicken, schwarzen Häuten über ihren Schilden.

Das war das Zeichen für Gnadenlosigkeit, die dunklen Schilde – wenn das Böse zu stark, zu halsstarrig war.

»Warum zeigt Ihr mir das, Ragnell?« fragte er. »Werden meine Leute den Kampf verlieren?«

Warte, sagte der Wind ihm ins Ohr. *Wart ab und sei Zeuge.*

An der Spitze des Zuges hob ein großer Reiter die Hand. Hinter ihm spornten die Reiter ihre Pferde im Galopp und schrien einstimmig ihren Schlachtruf:

»Est Mithas oth Sularis!«

Wie ein wildes Buschfeuer rasten sie durch das Goblinlager. Der große Anführer ließ sein Schwert auf die vorderste Jurte krachen, und das Krachen des Holzes, das Zerreißen der Häute und das Kreischen der überraschten Bewohner erfüllten die Luft.

Im Nu lag das Lager in Trümmern. Die Klingen blitzten wie die Flügel eines Bienenschwarms, und man hörte das laute Klirren von Metall auf Metall, Metall auf Stein, Metall auf Knochen. Die Goblinspeere prallten harmlos von den Schilden der

Ritter ab, deren Schwerter mit wilder Präzision zuschlugen. Pferde bäumten sich auf und traten zu, und die Goblins fielen scharenweise.

Sturm schüttelte den Kopf. Seine Hände ballten sich schweißnaß zusammen. Auf allen vieren kniete er über dem wirbelnden Staub der Vision. Ihm verschlug es den Atem, und seine langen Haare klebten verschwitzt am Kopf. Einen Augenblick sah er nur Schutt und Holz. Er hörte nur den Singsang von Ragnell, dort im tiefen Schweigen des Rundhauses von Dun Ringberg.

Dann kehrte die Szene mit aller brutalen Schärfe zurück. Ein großer, vierschrötiger Mann – Sturm erkannte ihn: es war Fürst Joseph Uth Matar, das Oberhaupt einer aussterbenden Familie – trat aus einer Jurte und zerrte zwei junge Goblins hinter sich her. Es waren dreckige, kleine Biester, die bissen und kratzten und sich vor Wut und Angst besudelten.

Wortlos zwang Fürst Joseph die jämmerlichen, kleinen Geschöpfe auf die Knie. Er sprach kurz und leise zu ihnen, wobei er über ihre drohenden Flüche lachte. Als das Verhör vorbei war, rang ein junger Ritter – Sturm hielt ihn für einen der zahlreichen Jeoffreys – die quietschenden, fauchenden, kleinen Monster mannhaft nieder. Obwohl sein Gesicht nach dem Kampf von ihren scharfen Nägeln etwas verunstaltet war, gelang es ihm, ein Seil um ihre Handgelenke zu schlingen.

Die Hütten brannten wie Zunder, wie trockenes Gras. Bald stand alles in Flammen, und der schwarze Rauch zog durch den schmelzenden Schnee. Fürst Joseph stand bei den jungen Goblins, während seine Offiziere das Wenige retteten, was es hier zu retten gab, bevor sie die Fackel an die Jurten hielten.

Inmitten dieser lodernden Flammen standen drei Ritter über den kreischenden kleinen Monstern. Fürst Joseph blinzelte, als würde er versuchen, durch den zunehmenden Rauch zu sehen. Er drehte sich rundherum und beschirmte jetzt seine Augen, als würde er nach etwas Fernem oder unwiederbringlich Verlorenem Ausschau halten.

Er nickte zufrieden. Rasch stieg er auf und sagte etwas zu den beiden jungen Rittern, um dann an der Spitze des Zuges davonzupreschen. Die beiden warteten, bis die Hufschläge von Schnee und Entfernung gedämpft wurden, bis man nur noch das Knistern der Flammen und das Kreischen und Fluchen der jungen Goblins hörte.

Dann zogen sie ihre Schwerter, und mit der Eleganz aus jahrelangen Schaukämpfen, aus Fechtunterricht, Turnier und sorgfältiger, aufwendiger Unterweisung in den Lehren des Maßstabs, erhoben sie die Klingen und ließen sie in einem geschmeidigen, fast schönen Bogen auf die kleinen Goblins heruntersausen.

Sturm hob den Blick, weil ihn schon die Vorstellung ihrer Schreie entsetzte. Ragnell starrte ihn ausdruckslos an.

»Also schön«, sagte sie. »Für heute habe ich dir genug ... gezeigt, Sturm Feuerklinge.«

Sie stand auf, und der Staub legte sich langsam. Mit schwerem Schritt, als hätte der Morgen sie ermüdet, schlurfte sie zur Tür und pochte. Oron hob den Riegel an und trat beiseite, als die Druidin vorbeiging, ohne noch einmal zu Sturm zurückzusehen.

Der junge Ritter saß gedankenverloren auf der Matratze, aufgewühlt von allem, was er gerade gesehen hatte. Irgendwo in der Nähe begann Mara mit klarer, tröstender Stimme zu singen. Aber Sturms Gedanken schweiften gleich wieder von ihrem Gesang ab, denn er dachte nur an den Eid und den Maßstab und das, was er gerade gesehen hatte.

Wieland, der Schmied, schlief in dem Zimmer neben der Esse, nachdem er das Feuer sicher abgedeckt hatte. Um diese Jahreszeit war er dankbar für die Wärme, denn die kalten Nächte zu Frühlingsanfang waren für die meisten im Dorf unangenehm.

Gegen Morgen wurde sein Schlaf unruhig. Er stand gewöhnlich bei Sonnenaufgang auf, und mit den Jahren hatte sich sein Körper auf diese Zeit eingestellt, und Wieland dämmerte während der letzten Stunden der Nacht halbwach vor sich hin.

Er meinte, an der Esse hätte sich etwas geregt – ein leises, raschelndes Geräusch, als wenn etwas im Schmelzofen zusammengerutscht wäre. Er schlug die Augen nicht auf. Nichts Ungewöhnliches, so ein Geräusch, besonders wenn ein starker Wind durch seinen Schornstein fegte und den Torf aufwirbelte, mit dem das Feuer abgedeckt war. Da gibt es sowieso nichts zu stehlen, dachte er und sank wieder in Schlaf, ohne in seiner Schläfrigkeit an das solamnische Schwert zu denken, das er vor zwei Tagen neu geschmiedet hatte.

Das Schwert hing an der Wand. Der Schmied hatte nahezu perfekte Arbeit geleistet. Es war eine scharfe, starke, elastische Klinge, »bereit für hundert Schlachten«, wie Wieland stolz gesagt hatte, als er die Klinge in die Nachmittagssonne gehalten hatte. Und doch würden es von jetzt an zwei Schwerter sein: das Erbstück von fünfzig Generationen Blitzklinges bis zurück zu Bedal Blitzklinge im düsteren Zeitalter der Macht und ein neues Schwert, eins, dem seine Herkunft gleichgültig war, frisch und neu geboren.

Diese Nacht brachte das erste Abenteuer für das neue Schwert. Während Wieland schlief, griff ein kleines, haariges Bein nach dem Heft. Dann noch eins und noch eins.

Cyren war kaum stark genug, die Waffe zu tragen. Er drehte sich um und wankte mit dem Schwert auf dem Rücken rückwärts über den Boden der Schmiede. Zwischen Hunger und Angst hin- und hergerissen, hielt die Spinne das schwere Schwert umklammert, obwohl sie unter dem Gewicht taumelte, und krabbelte durch die Tür nach draußen.

Leider rannte sie in der Dunkelheit vor lauter Angst und Umdrehen statt dessen durch die Schlafzimmertür. Das Schwert schlug gegen den Türrahmen, und von dem Geräusch erwachte Wieland und saß mit blinzelnden Augen senkrecht im Bett.

Das größte achtbeinige Ungeziefer, das er je gesehen hatte, starrte ihn mit großen Augen von der Tür her an.

Es war schwer zu sagen, wer mehr Angst hatte. Schmied und Spinne schrien durcheinander; Wieland sprang aus dem offenen Fenster, und Cyren rannte herum, knallte mit dem Schwert noch einmal an den Türrahmen und sprang dann über die Esse und in die Nacht hinaus. Als er um die Ecke bog, stieß die Spinne mit dem entgeisterten Schmied zusammen, und die beiden schrien noch lauter, stießen einander zur Seite und flohen in die Nacht.

In dem Haus in der Mitte des Dorfs erwachte Sturm von dem Geschrei und Gekreische. Die Wachen vor seiner Tür wurden unruhig, und irgendwo am Feuer in der Mitte rief einer: »Was iss'n los?« Eine bierselige, tiefe Stimme grollte »Pst!«, und das Haus fiel plötzlich wieder in Schweigen.

Sturm legte sich wieder hin und blickte durch die Öffnung im Dach des Rundhauses. Der Himmel war hell, die Wolken waren rot umrandet, als wenn Lunitari seine volle Größe erreicht hätte.

Er hatte von Rittern und Schwerten und Goblins in einer finsteren Schlacht geträumt, von einer kriegerischen Musik in der Ferne – keiner Flöte diesmal, auch keiner Stimme, sondern einer Trompete.

Auf der anderen Seite der Wand hörte er Mara murmeln. Sturm lächelte matt.

»Selbst im Schlaf redet sie noch«, flüsterte er.

Die Szene, die die Druidin ihm gezeigt hatte, verwirrte und beunruhigte Sturm. Die brennenden Häuser, die jungen Goblins, die Jagd im wirbelnden Schnee …

Er schlug die Augen gerade rechtzeitig auf, um zu sehen, wie ein langer, weißer Faden durch die Öffnung herunterfiel, und darüber sah Sturm ein schreckliches Gesicht mit zehn riesigen Augen.

Kapitel 4

In den Finsterwald

Cyren war zuerst zu Mara gekommen. Es hatte ihn jeden Funken Tapferkeit gekostet, auf das Dach zu klettern und über einem großen Feuer zu stehen und dann auch noch einen Faden mitten über den Soldaten herunterzulassen. Sein groteskes Gesicht wurde von Mondlicht und Sternen eingerahmt, als er wild winkte und zirpte.

Mara kletterte wie eine zweite Spinne an dem dicken Faden hoch. Zweimal stemmte sie die Füße gegen die gewölbte Decke und stieß sich so gekonnt ab, daß sie wie eine Akrobatin unter dem Dach pendelte. Schließlich verschwand sie strampelnd durch das Loch in der Decke. Dann blickte sie zurück und warf das Seil auf der anderen Seite der Wand zu Sturm hinunter.

Sturm hockte sich hin und holte tief Luft. Der Fluchtweg erschien ihm aberwitzig, fast verrückt, aber immerhin führte er ins Freie.

Mühsam zog Sturm sich Hand um Hand an dem Strang hoch und versuchte, seine Schulter nicht zu sehr zu belasten, da sie ihm wieder Probleme machte. Schließlich balancierten seine Füße wackelig oben auf der Vorderwand seiner Zelle. Unter ihm lagen die schlafenden Wachen mit dem Rücken an der Wand. Ein halbes Dutzend anderer schnarchte am heruntergebrannten Feuer, und hinten am Eingang schliefen zwei, über ihre Speere gebeugt, im Stehen.

Sturm lächelte etwas zuversichtlicher und band sich den Strang um den Bauch. Von hier aus war es nur ein kurzer Sprung zu der Öffnung im Dach und in die Freiheit. Er stieß sich von der Wand ab, sprang los, streckte die Arme aus …

… und kam gute drei Fuß zu kurz an.

Er drehte sich in der Luft, versuchte noch einmal verzweifelt zuzugreifen und verlor dadurch das letzte bißchen Gleichgewicht. Seine Füße blieben über ihm in dem Webstück hängen. Sturm unterdrückte einen Entsetzensschrei, als er mit dem Kopf voran halsbrecherisch auf die glühende, torfbedeckte Mitte des Feuers zuraste. Der Webstrang bewahrte ihn wenige Fuß darüber vor dem Schicksal, geröstet zu werden. Lautlos baumelte er über den schlafenden Wachen.

Der Fall hatte ihm den Atem genommen. Keuchend griff er nach seinen Knöcheln, die er jedoch erst beim dritten Mal erwischte. Nachdem er sich in eine bessere Position gezogen hatte, griff er wieder nach dem Seil und kletterte direkt durch die Öffnung, wo Mara ihm half, aufs Dach zu steigen.

Es war ihm wie eine Ewigkeit vorgekommen, und es schien eine weitere Ewigkeit zu dauern, bis er von dem Faden befreit war. Als Sturm aufsah, beugte sich Mara über ihn, während Cyren wie ein von einem perversen Zauberer verwandelter Baldachin über ihr thronte.

»Hier«, flüsterte die Elfe und reichte Sturm sein Schwert. »Hat genau der Schmied neu geschmiedet, von dem Jack Derry gesprochen hat, also dürfte es gute Arbeit sein.«

»Der Schmied!« zischte Sturm. »Also hast du ihn gefunden?« Nachdem er den letzten Spinnenstrang vom Knöchel abgeschüttelt hatte, kroch er zum Rand des Dachs.

»Die Schmiede ist ganz hinten beim Stall. Aber eine Wache könnte uns unterwegs entdecken! Oder auch nur ein kläffender Hund ...«

»Zeig mir den Weg«, verlangte Sturm. »Ich muß unbedingt in die Schmiede.«

Er drehte sich zu Mara um und ergriff drängend ihre Hand. »Jack Derry schuldet mir eine Erklärung.«

Sturm steckte das neugeschmiedete Schwert in seinen Gürtel und rutschte das Dach des Rundhauses hinunter. Am Rand hielt er sich fest, denn dort bildete frischer Efeu ein grünes Spalier bis zum Dorfplatz hinunter. Mara folgte ihm seufzend, und die Spinne blieb ihr mit nervösem Zirpen auf den Fersen. Als beide festen Boden erreicht hatten, zeigte das Elfenmädchen zum Stall und auf die Schmiede dahinter, und sie schlichen sich durch die düsteren Gassen von Dun Ringberg und mieden das verräterische Mondlicht, bis sie am Rand des Dorfes angekommen waren – wo in Wielands Fenster ein einsames Licht flackerte.

Sturm hörte die ferne, einschmeichelnde Musik, als die Schmiede in Sicht kam. Sie erinnerte den jungen Ritter an Vertumnus und an die Prüfung, die ihm bevorstand. Er schlug seinen Mantel gegen den Regen hoch und bedeutete Mara, im Schutz der Dunkelheit zu warten. Tief gebückt überquerte er das letzte offene Stück zur Schmiede. Leise schlich er ans Fenster und stellte sich auf die Zehenspitzen, um hineinzuspähen.

An der abgedeckten Esse standen zwei Männer, die mit Rechen den Torf entfernten, damit der Schmied sein Tagwerk beginnen konnte.

Sie redeten über Spinnen.

»So dick wie mein Kopf, ich sag's dir!« behauptete der Größere, der zwei schwarze Hände hochhielt, um den Umfang des Tieres zu beschreiben.

Der Mann, der mit dem Rücken zum Fenster stand, schwieg. Wegen des glimmenden Feuers und der trügerischen Schatten konnte Sturm ihn nicht genau sehen, doch er war eindeutig stark und wendig und schien sich mit Rechen auszukennen.

»Angst vor Spinnen«, sagte er schließlich, doch seine Stimme wurde durch die Bewegung und das sanfte Streichen des Rechens über den Torf gedämpft. »Was hätte dein begnadeter Meister wohl dazu gesagt?«

»Dasselbe, was dein begnadeter Vater gesagt hätte«, erwiderte der große Mann mit merkwürdigem Lächeln, während er sich aufrichtete, um sich den Schweiß von der Stirn zu wischen. Sturm drückte sich noch näher ans Fenster, so daß er schon die heiße Luft aus der Schmiede spürte.

»Was glaubst du wohl, was so ein Untier frißt?« fragte der große Mann, der wieder zum Rechen griff und weiterarbeitete. »Na, was meinst du?« bohrte er.

»Schmiede«, erwiderte der andere Mann kurz. Sturm versuchte, mehr zu hören, aber der Mann sagte nichts mehr.

»Wie bitte, Jack?« fragte der große Mann. Der andere drehte sich um, so daß sein Gesicht im Licht der Laterne und der Esse jetzt deutlich zu erkennen war.

»Spinnen dieser Größe fressen am allerliebsten Schmiede«, neckte Jack Derry mit ernstem, undurchschaubarem Gesichtsausdruck.

»Wenn sie keinen *Gärtner* kriegen!« lachte der Schmied, der scherzhaft drohend seinen Rechen erhob.

Sturm war mit einem Satz durch das Fenster gesprungen. Mit dem Schwert in der Hand stolperte er lärmend gegen eine Werkbank und kam in einer wackligen, unsicheren Hocke auf. Das Schwert hielt er immer noch in die Höhe.

Das überraschte alle, nicht zuletzt Sturm selbst, und einen Atemzug lang sahen die drei Männer einander verwirrt und durcheinander an. Dann stürzte Sturm sich auf Jack, und die Schmiede war von Rufen und Waffengeklirr erfüllt.

Sturm jagte Jack Derry um den Schmelzofen, doch der Gärtner riß auf der Flucht eine Zange an sich und stürmte ins Schlafzimmer, wo er auf Wielands Matratze stehenblieb und drohend wie ein plötzlich wild gewordener Koch die Zange schwenkte. Stahl traf auf Eisen, und das Eisen gab nach – die Zange in Jacks Hand zerbrach.

»Diese Klinge nimmt es mit dem besten Werkzeug auf«, erklärte Wieland mit einem gewissen Stolz in der Stimme. Er packte Sturm hinten an der Tunika und hob ihn mit einer Hand in die Luft. Sturm zappelte wie ein Welpe in den sanften Fängen seiner Mutter, und der Schmied griff mit der anderen Hand um ihn herum und nahm ihm das Schwert ab.

Jack kletterte vom Bett, nahm einen Nachttopf und wollte ihn nach Sturm werfen, doch Wieland schob den Jungen hinter sich und baute sich groß wie ein Oger zwischen den jungen Kampfhähnen auf.

»Jetzt aber Schluß«, erklärte er streng. Ein liebenswertes Lächeln machte sich auf Jack Derrys Gesicht breit, während er den Nachttopf einfach wieder vorsichtig hinstellte, als ob er ihn die ganze Zeit nur woanders hatte hinsetzen wollen.

Sturms Wut war verflogen. Eigentlich war er froh, daß Wieland ihm das Schwert weggenommen hatte, denn sein plötzlicher Jähzorn hatte ihn selbst überrascht.

Mara tauchte im Fenster auf, schwang ein Bein hinein und stieg in das Schlafzimmer.

»Die Schmiede hat auch eine Tür, und ich habe es lieber, wenn meine Gäste dort eintreten«, schlug Wieland höflich vor, ohne seine schwere Hand von Sturms Schulter zu lösen.

»Ich … ich habe Geschrei gehört«, erklärte die Elfe, die ihren Dolch wieder wegsteckte.

»Es gab eine … Meinungsverschiedenheit zwischen Meister Jack und dem kleinen Solamnier«, erläuterte Wieland. »Eine Meinungsverschiedenheit, die sie hoffentlich beilegen, damit wieder Ruhe in meinem Haus herrscht.«

Sturm riß sich von Wieland los und setzte sich höchst würdevoll auf einen Schemel an der Schwelle. Jack hockte sich auf den Boden. Um den muskulösen Wall des Schmieds herum funkelte Sturm seinen ehemaligen Freund an, der zum Verrücktwerden freundlich zurückgrinste.

Langsam brach ein fröhliches, freches Lachen aus Jack heraus. Er stand auf und wirkte irgendwie viel größer, als Sturm ihn in Erinnerung hatte.

»Du überraschst mich, Sturm Feuerklinge«, lachte Jack, der die Arme verschränkte. »Und Überraschungen sind gut fürs Gleichgewicht.«

»Es heißt Meister Sturm Feuerklinge, Gärtner!« gab Sturm wütend zurück.

Jacks Lächeln wurde dünner.

»Den Meister und den Gärtner haben wir am Fluß gelassen«, sagte er ruhig. »Jetzt bist du in meinem Land, wo die Bäume Augen haben und andere Regeln gelten.«

Sturm runzelte die Stirn. Es war wirklich ein anderer Mann, der vor ihm stand. Verschwunden die Demut und die Schmeichelei, die schlichte Gutmütigkeit und die angenehme Bescheidenheit.

Der Mann vor ihm war selbstsicher, klug und großmütig. Er war ein Prinz, ein Erbe von Wald und Wildnis. Sturm bemerkte einen schwachen Duft nach Regen und Blättern und etwas anderes, das er nicht genau erkennen konnte, obwohl es seltsam vertraut war.

Jack setzte sich auf die Bank in der Schmiede, stützte sein Kinn in die Hände und beobachtete Sturm mit der dunklen, schlauen Gründlichkeit eines Raubtiers. »Wie ich schon sagte, bevor du mich unterbrochen hast«, meinte er, »du hast mich überrascht.«

»Wo warst du?« fragte Sturm kalt. »Drei Tage war ich bei den Druiden eingesperrt, und jetzt ist der erste Frühlingstag, und ich kann mich überhaupt nicht mehr vorbereiten ...«

Bei Jack Derrys ungerührtem Blick wurden seine Worte leiser.

»Vielleicht erinnerst du dich noch«, sagte der Gärtner, »daß ich dir hinten am Vingaard ein paar Räuber vom Hals gehalten habe.«

»Aber wo ...«, fing Sturm wieder an. Jack hob die Hand.

»Aber es waren *zwölf*«, beharrte Sturm. »Vielleicht sogar mehr.«

»Vierzehn, meiner Zählung nach«, stellte Jack richtig. »Wo warst denn *du*?«

»Aber du hast doch ... du sagtest doch ...« Sturm kamen seine eigenen Worte schwach vor, und der Blick der auf ihm ruhte, war verachtungsvoll.

»Was soll das, Sturm Feuerklinge?« fragte Jack leise. »Warum suchst du so nach Verrat und Betrug, wo nichts zu finden ist? Keiner läßt *dich* in einem verschneiten Schloß mit frierenden, ausgehungerten Leuten allein zurück.«

Sturm wußte keine Antwort. Müde stand er von dem Schemel auf und schwankte etwas, als er auf die Beine kam. Mara sprang schnell hinzu und half ihm, sein Gleichgewicht wiederzufinden.

»Wo warst du?« fragte Sturm wieder dünn, ohne sich noch um die Antwort zu scheren.

Das Lächeln kehrte in Jacks Gesicht zurück. »Hab' deine Spuren verwischt, wie üblich«, erwiderte er. »Du bist aus dem Gefängnis entkommen, Sturm Feuerklinge, und dazu braucht man Grips und Geschick und was so dazugehört. Jetzt ist Frühling, und bis zum Wald ist es nur ein Katzensprung. Wenn du dich von mir führen läßt, bringe ich dich zum Herrn der Wildnis.«

Mehr sagte Jack vor dem Schmied nicht mehr. Er ignorierte Sturms drängende Fragen und blieb auf der Schwelle der Schmiede stehen, wo ihm das Mondlicht in den Rücken schien und ein seltsamer, rätselhafter Zug in den Schatten seines Gesichts lag.

»Komm«, sagte er. »Nimm die Elfe mit, wenn es sein muß. Komm zu Fuß oder zu Pferd, das spielt keine Rolle. Aber du mußt mitkommen. Die erste Frühlingsstunde naht.«

Der Regen ließ nach, als sie vor die Schmiede traten. Cyren hockte naß und zitternd und ausgesprochen schlecht gelaunt vor dem Stall. Sturm winkte der Spinne mit dem Schwert zu, worauf sie zurückwich, damit sie die Pferde zum Satteln herausholen konnten.

Von hier aus bis zum Wald ging alles fast verdächtig glatt. Es wurde kein Alarm geschlagen, die Warnglocke ertönte nicht, niemand machte Geschrei, und das Dorf schien friedlich zu schlafen.

»Glaubst du, Fürst Bonifaz ... wartet noch im Wald, Jack?«

Jack zuckte mit den Achseln und beugte sich auf der zähen, kleinen Eichel tief hinunter. »Wohl nicht«, sagte er. »Bonifaz ist wieder auf dem Weg nach Solamnia. Wenn er gesehen hat, daß du nach Dun Ringberg gebracht wurdest, amüsiert er sich auf dem Heimweg mit grausigen Vorstellungen, was ein Haufen Druiden wohl mit einem solamnischen Gefangenen anstellen mag.«

»Und was *hätten* sie getan, Jack?« fragte Sturm.

Jack schnaubte. »Vielleicht gar nichts. Außer wenn der Orden sie bezahlt hat.«

»Der Orden! Sie *bezahlt*?«

Jack Derry warf Sturm über die Schulter ein kurzes, ironisches Lächeln zu.

»Ich habe zufällig die Sachen der toten Räuber untersucht«, erklärte er. »Nach Hinweisen sozusagen, wo sie herkamen und wer sie geschickt hat.«

»Und?«

»Jeder von ihnen trug solamnisches Geld bei sich.«

Der Finsterwald schien sich für sie zu öffnen. Hintereinander ritten sie den schmalen Pfad nördlich des Dorfs entlang. Als sie einige Schritte in den Wald eingedrungen waren, schienen die Lichter im Dorf plötzlich alle zu verlöschen; dichtes Blattwerk umschloß die Wanderer.

Sturm zog sofort das Schwert. Die frisch geschmiedete Klinge fing den letzten, weißen Strahl Mondlicht auf, als Solinari hinter ihm in dichtes Föhrendickicht tauchte. Für den Bruchteil eines Augenblicks schien auf der Klinge ein Gesicht aufzutauchen – nicht sein eigenes, aber dennoch ein vertrautes, als hätte jemand durch seine Augen gesehen und wäre plötzlich und unerwartet im Spiegelbild sichtbar geworden. Sturm schüttelte den Kopf und steckte das Schwert wieder zurück.

Jack ritt mit einer abgeblendeten Laterne in der Hand vorn auf Eichel. Aus den Bäumen vor ihnen schien eine langsame, getragene Musik aufzusteigen, und somit trieb der Gärtner sein Pferdchen zuversichtlich voran. Es trabte so sicher drauflos, als wäre es den Pfad schon unzählige Male gegangen. Sturm mußte sich Mühe geben, mit Jack Schritt zu halten. Luin trat immer noch vorsichtig auf und hatte auch noch das zusätzliche Gewicht von Mara zu tragen. Immer wieder hielt Jack vor ihnen an, um das Licht hochzuhalten. Sie folgten ihm durch die grüne Finsternis und die süß duftende, weiche Luft.

Der Wald war still und erwartungsvoll. Hin und wieder rief ein Vogel, dem ein anderer antwortete, doch das Land um die Wanderer schwieg. Selbst die ersten Frühlingsinsekten waren noch still.

»Jack«, flüsterte Sturm. Der Gärtner zügelte sein Pferd, damit Sturm neben ihm aufschließen konnte. »Woher kennst du eigentlich –«

Etwas raschelte und knackte im Unterholz. Eine braune Taube flatterte mit einem leisen, schleppenden Schreckenslaut auf. Im gleichen Moment griffen beide Männer zum Schwert, denn so plötzlich, als wäre er einer der Bäume gewesen, stand ein grüner Ritter vor ihnen auf dem Pfad.

»Vertumnus«, hauchte Sturm.

»Kaum«, zischte Jack Derry. »Und wenn du schlau genug bist, machst du einen weiten Bogen um den.«

Der riesige Ritter rührte sich nicht. Ein Visier aus hell getupftem Efeu verdeckte sein Gesicht, und sein Kettenhemd war nicht aus Ketten, sondern aus dicken, grünen Schlingpflanzen. Sein Schild war so groß wie die Heuluke einer Scheune und sah mit ihren dicken, zusammengezimmerten Eichenbrettern auch genauso aus.

Doch es war die Waffe, die die jungen Männer genauer hinsehen ließ. Eine Keule, so lang wie Sturms Bein, lag auf der Schulter des großen Kerls. Wenn der Schild noch grob gemacht war, wirkte die Keule wie frisch aus dem Wald, ein Stamm, dem man noch ansah, wo er gefällt worden war; die kleineren Zweige waren zurechtgestutzt und zu bösartigen Dornen gespitzt worden.

»Ich glaube, es gibt einen besseren Weg in diesen Wald«, schlug Jack vor, der Eichel mit einem heftigen Ruck wendete, um danach zu suchen. Nach einem Schubs von Mara folgte ihm

Sturm, der noch einen letzten Blick auf den Ritter warf, der sich nicht von seinem Posten auf dem Pfad weggerührt hatte.

»Das gefällt mir nicht«, murmelte Sturm. »Dieser Kerl vor uns ... und die Herausforderung ablehnen ... also, nach dem Maßstab muß ein Ritter die Forderung zum Zweikampf annehmen –«

»Um die Ehre des Ordens zu verteidigen«, unterbrach die Elfe, die ihre Arme so fest um Sturms Bauch legte, daß ihm einen Moment der Atem wegblieb. »Das wissen wir inzwischen alle, Sturm. Wir wissen, was der Maßstab zu allem sagt, von der Grammatik über die Tischmanieren bis zur Etikette des Schaukampfes. Du hast den Orden jetzt gegen Geister und unschuldige Spinnen und Banditen verteidigt, und ich habe noch keinerlei Verleumdungen über die Solamnier gehört.«

»Was *war* das?« fragte Sturm. Jack drehte sich zu ihm um, doch sein Gesicht lag im Schatten der Blätter.

»Ein Baumhirte, Sturm – eine alte Riesenrasse, älter als der älteste Vallenholzbaum im Wald, älter als die Zeit. Es heißt, sie waren schon hier, als Huma noch in der Wiege lag. Sie beschützen den Wald, hüten sein Wachsen und seine Geheimnisse. Es gibt Dinge in diesem Wald, die jenseits deiner oder auch meiner Vorstellung liegen.«

»Woher *weißt* du das alles, Jack Derry?« fragte Sturm.

Jack antwortete nicht, sondern zeigte auf einen tiefhängenden Vallenholzzweig. Pflichtschuldig duckte sich Sturm, wobei er heimlich hoffte, daß Mara so mit ihren Kommentaren beschäftigt sein würde, daß sie aus dem Sattel gefegt würde. Aber sie wich geschickt aus und schwatzte weiter über Beleidigungen und Ritterlichkeit und Eid und Maßstab.

»Und auch von dem Mann hinter uns habe ich nichts Schlechtes über deinen kostbaren Orden gehört«, sagte sie. »Du nimmst Anstoß, wo es keinen Grund gibt, und siehst Herausforderungen im Wind und im Regen.«

Ihr Griff wurde lockerer, und sie verfiel wieder in Schweigen. Aber sie konnte ein letztes Wort nicht lassen. Sie griff hoch, zog Sturms Kopf am Ohr zu sich herunter und flüsterte:

»Deine größte Gefahr ist immer bei dir.«

Jack Derry ritt um dichte Dornenranken herum, bis er einen Durchgang fand, und führte die Gruppe auf einen neuen Pfad. Inzwischen brach im Wald der Morgen an, und einzelne Sonnenstrahlen erhellten die Schatten und machten das blasse, vielfarbige Grün des Waldbodens sichtbar. Sie fanden einen kleinen Teich, an dem sie abstiegen, um die Pferde zu tränken.

Mara gab schläfrig auf Cyren acht, der in einer etwas entfernten Erle angefangen hatte, sich ein Netz zu spinnen. Seit sie Dun Ringberg verlassen hatte, hatte die Spinne sicherer, ja, fast mutig gewirkt. Sie schlich nicht mehr halb versteckt von Blatt und Zweig hinter den dreien her, sondern lief wacker neben Luin, wobei sie glücklich und geheimnisvoll vor sich hin knurrte.

Irgendwo im Westen hörten sie in der Ferne Hunde bellen.

Sturm kniete sich neben Jack Derry, und die zwei beugten sich über das Wasser und tranken durstig. Plötzlich sah Sturm ihr Spiegelbild, wie sie Seite an Seite von einem Blätterdach umrahmt wurden.

Wieder sah er eine verblüffende Ähnlichkeit, warf aber schnell einen Stein in den Teich.

Jack sah ihn an. Ihm tropfte noch das Wasser vom Kinn. Mit fröhlichem, offenem Blick sah er Sturm an, und wieder machte sich dieses geheimnisvolle Lächeln auf seinem Gesicht breit.

»Das Hundegebell kommt von einer Jagd, die von der Nähe her von Dun Ringberg ausgehen müßte. Ich nehme an, die alte Ragnell hat jetzt Wind davon bekommen, daß du fort bist, und soweit ich sie kenne, läßt sie nach dir suchen.«

»Was können wir machen, Jack?« fragte Sturm. Alle solamnische Großspurigkeit war aus seiner Stimme gewichen.

Jack sah ihn nachdenklich an. Er nickte.

»Ich nehme an, ich kann ... mich ein bißchen um den Westrand kümmern, Sturm Feuerklinge«, sagte er geheimnisvoll. »Ich kann unsere Spuren mit Zweigen verwischen und mit Rosenwasser und Schnaps die Fährte verdecken. Damit kann ich eine Stunde gewinnen. Vielleicht zwei Stunden oder sogar bis zum Mittag, ehe die Hunde deine Witterung wieder aufnehmen.«

Er blinzelte hinter ihnen in den Wald.

»Nutze die Zeit klug«, flüsterte er.

Sturm nickte dankbar und bückte sich, um noch etwas zu trinken. Als er aufsah, war Jack Derry verschwunden. Der Wald hatte den wilden Burschen bereitwillig verschluckt. Weder Zweig noch Blatt noch Grashalm regten sich, um ahnen zu lassen, in welche Richtung er aufgebrochen war.

Sturm stand auf und winkte Mara zu.

»Wir sollten lieber weiterziehen«, drängte er, hob die Elfe in den Sattel und stieg hinter ihr auf. »Bis ins Herz des Waldes ist es gewiß noch ein ganzes Stück, und Jacks Worten nach ist uns halb Dun Ringberg auf den Fersen ...«

Er schwieg, als auch jedes andere Geräusch auf der Lichtung verstummte. Das Vogelgezwitscher hörte auf, und der Teich, in den die beiden geschaut hatten, sah plötzlich ruhig und klar aus. Sturm wagte nicht hochzuschauen. Er suchte die Spiegelbilder auf der Wasseroberfläche ab, das weite Blätternetz, das gefilterte Licht.

Drüben auf der anderen Seite des Teichs stand der Baumhirte, der riesige Krieger, der schwer auf seinem gewaltigen Hengst thronte. Langsam und entschlossen hob er seine Keule.

Kapitel 5

Kampf auf der Lichtung

Sturm nahm die Zügel, wendete Luin langsam und schnalzte der verängstigten, kleinen Stute beruhigend zu. Er lenkte sie am Ufer des Teiches entlang, um einen besseren Blick auf den Baumkrieger zu haben, doch seine Augen wurden ständig zum Dickicht jenseits des Riesen hingezogen, wo er einen Pfad suchte, der um diese turmhohe Drohung herumführen konnte.

Aber Cyren wählte den schlimmsten Moment, um neuen Mut zu beweisen. Plötzlich steckten sie in einer dieser Situationen, in denen die Ereignisse unwiderruflich außer Kontrolle geraten. Die Spinne sprang mit einem schrillen Geheul aus dem Netz und setzte über die Lichtung, ohne die zehn Augen von dem unerschütterlichen Riesen zu lassen. Auf den Hinterbeinen stapfte Cyren mitten durch den Tümpel, während er die Vorderbeine bei hochgebogenem Rücken drohend erhoben hatte.

Dann kletterte die Spinne das Ufer hoch und glitt wie eine Krabbe seitwärts auf den Riesenkrieger zu. Mara schrie auf und trieb ihr Pony vor, doch Eichel stand felsenfest und sicher am Ufer des Teichs. Der gewaltige Ritter machte derweil nicht viel Federlesens, sondern hob seine Keule zu einer furchtbaren, wilden Drohung. Mit einer schnellen, wegwischenden Bewegung – so gleichgültig wie der Wind oder das plötzliche Umschlagen der Jahreszeiten – landete die Waffe auf dem Rücken der Spinne. Es gab ein Geräusch, als wenn nasse Zweige brächen.

Cyrens Beine knickten unter ihm ein. Betäubt taumelte er von seinem schrecklichen Gegner weg. Seine Beine wackelten unkontrolliert; dünne Webfäden rannen aus seinen pulsierenden Spinndrüsen. Mit einem Aufschrei fuhr er herum, rollte sich vor Qual über den Boden und humpelte dann eilig von der Lichtung.

Mara war augenblicklich aus dem Sattel gesprungen. Während sie über den von Zweigen übersäten Waldboden rannte, sprang sie zwischen Bäumen und Schatten hin und her, immer auf der verzweifelten Suche nach ihrem verwandelten Geliebten. Im Nu waren Spinne und Mädchen verschwunden, und auf der Lichtung herrschte unvermittelt wieder Stille. Einmal oder zweimal hörte man Mara in der Ferne nach Cyren rufen.

Sturm setzte sich wieder in den Sattel. Er zog seine Waffe.

»Wer du bist«, rief er und hob sein Schwert, »interessiert mich nicht mehr. Ebensowenig wie deine Herkunft, dein Land oder deine Absicht.«

Der Ritter auf der anderen Seite des Wassers saß reglos im Sattel.

»Denn jetzt«, fuhr Sturm mit gestiegener Zuversicht fort, »gibt es nichts mehr zu bereden oder nachzudenken. Du hast einen meiner Gefährten verletzt. Und wenn ich auch unsicher war – bei Paladin und bei Huma und bei Vinas Solamnus, jetzt bin ich es nicht mehr! Denn ich weiß wenig vom Wald vom Reisen, aber ich kenne Kodex und Maßstab. Und der Orden der Rose mißt sich an Taten voll Weisheit und Gerechtigkeit. Und ein Ritter der Rose soll dafür sorgen – mit Wort und Tat und Schwert, wenn es dazu kommt –, daß kein Leben verschwendet oder vergeblich geopfert wird.«

Der Riese sagte nichts, sondern stieg langsam und schwerfällig ab. Der Hengst, der von seinem gewaltigen Reiter befreit war, schnaubte und rannte in den Wald davon, als der Krieger wieder mit hocherhobener Keule regungslos stehenblieb. Ganz oben an der Keule glitzerten drei lange, schwarze Dornen bedrohlich im verschleierten Sonnenlicht.

Auch Sturm stieg rasch ab. Er griff über Luins Rücken und warf das schwere Bündel mit Schild und Brustharnisch auf den Waldboden. Unter dem maskierten Blick des Riesen legte er die Rüstung seiner Vorfahren an und watete, etwas gebückt unter dem ungewohnten Gewicht, mit gezogenem Schwert durch das Wasser. Die frisch geschmiedete Klinge glänzte im Licht, und als Sturm aus dem Teich stieg, streckte er die Klinge der Gestalt, die sich über ihm auftürmte, zum uralten solamnischen Salut hin.

Sturm konnte nur noch den Schild heben.

Die Wucht des Keulenschlags ließ den Jungen in die Knie gehen, und einen Augenblick schwanden ihm auch die Sinne. Er glaubte, er wäre im Wirtshaus »Zur letzten Bleibe« und die Augen von Caramon und Raistlin und seiner Mutter würden in den grünen Tiefen der Blätter glitzern. Benommen schüttelte

Sturm den Kopf. Im Augenwinkel sah er etwas und riß den Schild wieder hoch, als ihn der zweite Schlag traf.

Mit knirschender, krachender Rüstung rutschte er im Matsch aus, als er unsicher ins Wasser zurückwich. Doch sein Feind blieb genau vor ihm stehen. Er sprach in einer merkwürdigen Sprache, die weniger aus Worten bestand, sondern vielmehr aus dem Seufzen des Windes in den Zweigen und dem knisternden Flüstern trockener Blätter.

»Versagt«, schien der Riese zu sagen. »All die Meilen, all die Jahre, all die Wagnisse in hohler, giftiger Finsternis, und du hast versagt, ja, über deine schlimmsten Befürchtungen hinaus, und wegen dieser Befürchtungen.«

Das Visier seines Helms fiel plötzlich zurück, und unter diesem Visier war kein Gesicht, sondern ein dunkles , konturloses Stück Holz und Eichenrinde. Dann schlängelten sich aus der Halsberge, den Armschienen und den Beinschienen ein Dutzend, dann zwei Dutzend Zweige, die sich teilten und verschlangen und mit peitschenden Bewegungen nach Sturm griffen, während sie rasch weiterwuchsen. Aus dem Rand des Helms, der mit dem schrillen, durchdringenden Geräusch von zerrissenem Metall zersprang, brach eine Baumkrone. Sturm sprang erschrocken zurück und versuchte, im knöcheltiefen Wasser sein Gleichgewicht zu behalten. Der Baum trat vor.

»Du wirst mich nie besiegen«, sagte seine Stimme jetzt deutlich, als der Krieger sich erhob und streckte. Seine Füße verwurzelten schnell in der Erde, doch seine vierzig Arme streckten und bewegten sich. »Du wirst mich nie besiegen, denn zu mir kommt das Schwert zu seinem letzten Kampf.«

Grausam, fast höhnisch, stieß das Ding in die Mitte von Sturms Schild mit seiner Keule und zwang ihn weiter rückwärts. Sturms Knochen krachten, als es wieder und wieder zustieß. Der rückwärts stolpernde Sturm merkte, wie das Wasser schon bis zu seinen Knien reichte. Das Ding redete, babbelte weiter auf ihn ein, doch die Worte und schließlich auch die Silben gingen im Wasser und in Sturms panischer Angst unter.

Mit zögerlichen, kurzen Bewegungen stieß der verschreckte Sturm mit dem Schwert zu. Der erste Stoß traf die Rüstung des Monsters und prallte ab; den nächsten und übernächsten parierte das Ding mit einem beiläufigen Schlag seiner Keule.

»Löst du alles mit Schwert und Lanze?« höhnte das Eichenwesen, das die Keule über seinem Kopf schwang. Sturm sah betäubt vor Furcht zu, wie die gewaltige Waffe im Waldlicht verschwamm und mit dem Schwirren von tausend Zikaden oder hunderttausend Bienen durch die Luft sauste.

Verzweifelt krabbelte Sturm aus dem Wasser und stürmte wieder vor, diesmal noch waghalsiger und gegen alle Regeln. Unter der wirbelnden Bewegung der Keule hindurch stach seine Klinge durch den Brustpanzer und ins Herz des Baums. Sofort schrie das Wesen auf, als wäre es getroffen. Sein Schrei klang wie brechende Äste, und die Keule krachte blitzschnell auf das Armloch des Brustpanzers hinunter, traf heftig auf Muskeln, Fleisch und Knochen und ließ Sturms Schwert ins Unterholz fliegen.

Ein greller Schmerz zog durch Sturms linken Arm, als sich der schwarze Dorn in seine Schulter senkte, genau dort, wo Vertumnus ihn zur Julzeit verwundet hatte. Er unterdrückte einen Schrei, ließ seinen Schild fallen und jagte seinem Schwert nach, während die Keule des Eichenwesens hinter ihm auf den Boden krachte und die Erde erbeben ließ. Von soviel Schrecken wachgerissen, ertönten überall im Wald um sie herum das ohrenbetäubende Schnattern der Eichhörnchen und die lauten, durchdringenden Schreie von Habicht und Eichelhäher.

Mit der rechten Hand umklammerte Sturm den Griff seiner Waffe und stellte sich wieder seinem Gegner. Auf der schattigen Lichtung wirkte das Wesen fern und versteckt, als hätte es den Wald aufgerufen, es zu umgeben. Auf schwankenden Beinen, die linke Hand vor Schmerzen nutzlos, seine Schulter von einem abgebrochenen, schwarzen Dorn geschwächt, hob Sturm sein Schwert und erwartete den Angriff seines Feindes.

Doch das Eichenwesen stand still. Regungslos hielt es seine Waffe hoch. Plötzlich sah es aus wie eine riesige, vielarmige Spinne, deren dünne Glieder sich in der Windstille jetzt nicht mehr regten. Verwirrt machte Sturm einen Schritt auf das Ding zu, als der Lärm im Wald sich allmählich legte. Langsam erhob er sein Schwert, ohne die Krone und die Blätter des Baums aus den Augen zu lassen. Noch ein Schritt und noch einer ...

Und die Wurzeln stießen durch die Erde nach oben, wanden sich um seine Knöchel und hielten ihn fest. Dann näherten sich langsam die Äste, während die trockenen Blätter wie eine Todesrassel zitterten.

Sturm schlug mit dem Schwert nach den Wurzeln, doch mit der rechten Hand war er unbeholfen und lange nicht so stark. Wenn eine Wurzel zerriß, schoß eine neue an ihrer Stelle hoch, und Sturms Schläge wurden schneller, hektischer und gefährlicher. Voller Panik hob er erneut sein Schwert, blieb jedoch damit in den Ästen hängen, die sich inzwischen über ihn gesenkt hatten. Er zog die Hand zurück, ließ das Schwert in den dicken, gedrehten Zweigen hängen und zerrte, außer sich vor Angst, mit bloßen Händen an den ihn festhaltenden Wurzeln.

Gerade als die Zweige und Wurzeln ihn ganz bedecken wollten, als ein grüner Zweig sich um seinen Hals schlang und zuzog, griff Sturm verzweifelt nach dem Schwert über sich. Er fühlte schon, wie ihm die Luft und das Leben abgedrückt wurden, als seine Hand den Handschutz erreichte, und mit der Stärke eines Ertrinkenden riß Sturm die Waffe aus den Zweigen und stieß sie keuchend und schreiend bis ans Heft in das dunkle Herz des Baumhirten.

Das Wesen stieß einen trockenen, kratzenden Schrei aus,

und die Äste, die Sturm festhielten, zitterten einen Augenblick. Doch das Herz des Monsters war hohl und verfault, so daß die Äste sich wieder enger zogen und mit erneuter, verdoppelter Kraft Sturms Hals und Brust umschlangen. Die Wunde in seiner Schulter pochte, sein Wille ließ nach, und die Furcht in seinen Gedanken wich der großen Müdigkeit des Ertrinkens und dann einem tiefen, traumlosen Schlaf.

Bevor er das Bewußtsein verlor, lächelte er, weil alles so sinnlos war. Es ist wie in einem alten Waldmythos, dachte er. Jetzt bin ich so weit gekommen, nur um von einem Dorn im Fleisch erledigt zu werden.

Dann zerbarst die Welt um ihn herum und knisterte in silbergrünem Licht. Er sah und spürte nichts mehr. Man würde ihn am Fuß des verdammten Baums finden wie ein geheimnisumwittertes Opfer aus alter Zeit.

Mara rannte blind durch den dichter werdenden Wald, ohne auf Hindernisse oder Gefahren zu achten. Dreimal sah sie schimmerndes Schwarz über sich zwischen den Bäumen aufblitzen, hörte das klare, vertraute Gepfeife und Geplapper mit seinem drängenden, unheilvollen Unterton. Jedesmal drehte sie sich zu dem Geräusch hin und rannte darauf zu, doch die Spinne war dann – außer sich vor Panik – schon anderswo und ließ sie mit ihren schlimmsten Befürchtungen allein.

Sie rannte weiter und machte sich immer mehr Sorgen, während sich das Blattwerk um sie schloß. Vor ihr erhob sich wieder der Schrei, diesmal schrill und anders. Endlich sah sie ihn auf den Blättern einer sonnenüberströmten Lichtung zappeln. Auf seinem Rücken klaffte eine tiefe Wunde. Zwei Beine hielt er in groteskem Winkel abgespreizt, während er vor Schmerzen schrie und versuchte, sich im Stamm einer hohlen Eiche zu verkriechen. Mara rannte zu der Spinne hin und berührte sie. Entsetzt fuhr Cyren herum und wölbte seinen zerschmetterten Rücken in verzweifelter, sinnloser Verteidigungspose.

Als er Mara sah, ergab sich etwas in der Spinne jenem dunklen Wesen, das ihn eine Meile durch den mittäglichen Wald gejagt hatte. Langsam, als versuchte er, sich an etwas zu erinnern, das so alt war wie das Gedächtnis seiner ganzen Art, legte sich Cyren hin. Die Blätter um sie herum knisterten von seinem Zittern und Zucken.

»Cyren«, sagte Mara hilflos, die wieder ihre Hand nach dem Tier ausstreckte. Sie war keine Heilerin, keine Gelehrte, aber sie kannte sich im Wald aus, kannte den Winter und wußte, wann der Tod gekommen war. Tapfer drängte sie ihre Tränen zurück und legte der Spinne ihren Mantel über den Rücken, obwohl sie nicht wußte, ob das überhaupt bequem für Cyren war.

Die Spinne sah sie in ihrer häßlichen Unschuld an, und einen Augenblick kam es ihr fast so vor, als ob sie zwischen den Fängen und den unzähligen Augen ein beruhigenderes Gesicht ansähe – das verlorene Gesicht von Cyren, dem Elfen, das ihr vor drei Jahren durch Zauberei gestohlen worden war und bald für immer verloren sein würde, da der Tod mit seinem kalten Vergessen nahte.

»Es wird alles gut«, tröstete Mara ihn verzweifelt und schlang ihre dünnen Arme um die verletzte Mitte des Tiers. »Sturm wird das ... das *Ding* da hinten kaputtmachen, und wir werden unsere Aufgabe im Südlichen Finsterwald erfüllen. Alles wird gut, Cyren Calamon, und die Nacht der Monde wird für uns kommen.«

Sie wußte nichts mehr zu sagen. Wie betäubt saß sie unter der Eiche und merkte erst nach einer ganzen Weile, daß sie nicht den Körper einer Spinne hielt, sondern den eines zu Tode getroffenen Elfen.

»Mara«, hauchte Cyren, dessen Stimme immer noch ein wenig wie eine Spinne klickte. Mit großen Augen sah sie ihn an, und tief in ihrem gebrochenen Herzen flackerte eine kurze Freude auf.

»Ach, Cyren«, staunte sie. »Du bist … du bist *zurück*. Wenn auch –«

Sie brach sofort ab, weil sie ihre vom Kummer ausgelösten Worte bereute. Doch Cyren lächelte und berührte sanft ihr Gesicht mit seiner verletzten Hand.

»Wenn auch nicht für lange? Ja, Mara. Etwas ist jedenfalls … richtig an dieser Gestalt. Ich wäre nichts lieber als Cyren, der Elf, auch wenn er wirklich an der Schwelle zum Tode steht.«

Weinend wiegte Mara seinen Kopf.

»Das Grausamste ist«, sagte sie, »daß du nur wieder du selbst bist, um zu sterben.«

Cyren lachte bitter, doch sein Atem ging feucht und angestrengt.

»Nein, liebe Mara, das ist noch nicht das Allergrausamste. Denn du mußt wissen, ich bin nicht ich, sondern ein Zauber, der über das Wesen gelegt wurde, das drei Jahre lang in seiner gewohnten, natürlichen Gestalt mit dir gezogen ist.

Ich bin von Natur aus eine Spinne, Mara, bin als Spinne geboren und werde wohl auch als Spinne sterben. Aber es gab … zwei kurze Zeiten, in denen ich anders war: die eine in Qualinost, vor drei Jahren, und die andere … die andere jetzt.«

Fassungslos legte Mara ihren Kopf an den Baumstamm. Die Lichtung drehte sich über ihr, und sie mußte sich Mühe geben, nicht die Besinnung zu verlieren. Inzwischen erzählte der Elf – die Spinne – in ihren Armen die mitleiderregende Geschichte, wie der böse Zauberer Calotte ihn aus seinem Netz im Wipfel einer dicken, schwarzblättrigen Eiche gezogen hatte, um ihn so lange einzusperren, bis er seine schreckliche Magie ausüben konnte.

»Denn du mußt wissen«, erläuterte Cyren, dessen Atem flacher wurde und dem die Haare naß und stumpf am Kopf klebten, »der Zauberer hat mir diese Gestalt verliehen, um dich zu ihm zu locken. Er dachte, du würdest ... dich ihm ausliefern, um mich zu befreien, und dann ... nun, dann sollte ich eine Spinne bleiben und du ...«

»... bei meinem Mann Calotte oder für immer aus meinem Volk ausgestoßen, um *einsam und verlassen in Wildnis und Öde* umherzuziehen«, schloß Mara schwach, denn sie erinnerte sich an die strengen Worte des Gesetzes der Qualinesti über das anständige Benehmen von Jungfrauen. »Aber wieso hat er eine Spinne in *dich* verwandelt? Wieso nicht ... sich selbst eine schönere Gestalt verliehen, so daß trotz seines schwarzen Herzens das Auge eines Mädchens ... auf ihn fallen könnte?«

»Er wollte dich, Mara. Und er wollte, daß du zum alten, häßlichen Calotte kommst, obwohl du genau wußtest, wer vor dir stand.«

»So ein Plan kann nur aus dem Abgrund stammen!« murmelte Mara, deren Trauer langsam zu Wut wurde.

»Und doch ... brachte es mir eine Welt voll Licht und Gemeinschaft, die nicht mehr am Rand des Netzes aufhörte, und eine Weile gab es für mich plötzlich Tage und Jahreszeiten und Worte.«

Cyren lächelte bei dem Gedanken daran, doch seine Augen schienen sich auf einen fernen Punkt zu richten. Seine Stimme wurde schwach, die Worte kamen nur noch mühsam.

Cyren sah sie mit überwältigender Zärtlichkeit an, und einen Augenblick erinnerte sich das Elfenmädchen an die grünen Boote und die Nachrichten auf dem Thon-Thalas.

»Tut ... tut es sehr weh, Cyren?« fragte sie und begegnete seinem goldenen Blick. Und so hielt sie ihn, als sein Blick fern und glasig wurde, als seine Mandelaugen rund, lidlos und geteilt wurden, als er im Sterben die Gestalt annahm, die ihm eigen war. Sie blieb in der schattigen Lichtung bei einer zusammengesunkenen Spinne sitzen, und ihre Gedanken schwankten zwischen Staunen und Leid.

Kapitel 6

Von Licht und Schatten

Die beiden saßen auf ihren Pferden und überblickten die Vingaardfurt.

Die Furt acht Meilen südlich von Burg Vingaard war der meistbenutzte Weg vom Westen Solamnias in den Osten. Die alten Karawanenwege kreuzten den Fluß an dieser steinigen Stelle, und in den ältesten solamnischen Lehren zu Geographie und Überlebenskunst hieß es, daß *alle* Wege in die Berge, Schlösser und Türme, die die alte Region schützten, stets hier über den Fluß geführt hatten.

Das war ein veralteter Lehrsatz. Es gab ein Dutzend Übergänge über den Vingaard, manche davon verborgen, manche vom Maßstab verboten, aus Gründen, die tief im Zeitalter der Macht verborgen lagen. Dennoch überquerten die Händler aus Kalaman, Nordmaar und Sanction den Fluß immer noch an der Vingaardfurt, wo die Wachen der Burg sie vor Räubern und Schlimmerem bewahrten.

Doch die Wachen mußten einen Augenblick zur Seite gesehen haben, oder der Nebel, der aus dem Fluß hochzog, mußte gemeinsam mit der besonderen Finsternis dieser mondlosen Nacht jede Sicht von den Burgtürmen unmöglich gemacht haben, denn die beiden ritten unbemerkt zu den Ufern der Furt. Die Hufe ihrer Pferde hörte man nur gedämpft, weil sie in Stofffetzen eingewickelt waren.

Der kleinere Mann beugte sich im Sattel nach vorn und nieste, denn er war das lange Reiten und die feuchte Nachtluft nicht gewohnt.

»Pst!« warnte der Größere, der nach den Zügeln seines Gefährten griff. »Mit soviel Getöse lenkst du noch einen Pfeilregen auf uns herunter, Derek Kronenhüter!«

»Ich verstehe das alles nicht, Sir«, flüsterte Derek. »Heimliche Missionen mitten in einer kalten Nacht ganz im Osten, bei unserer Abreise wird allen Dienstboten Stillschweigen befohlen, und du bedrohst mich von den Flügeln des Habbakuk bis hier, als würden wir in die Schlacht ziehen.«

»Was wir vielleicht auch tun«, erwiderte Bonifaz, der seine Kapuze zurückwarf. »Was wir vielleicht auch weit über deine Vorstellungen hinaus tun.«

Er war blasser und tat geheimnisvoller, als Derek es je zuvor bei ihm gesehen hatte. Die Blicke seiner kleinen Augen wirkten gehetzt und berechnend.

Am besten gar nicht drüber streiten, dachte der Junge, aber er blieb dennoch beim Thema.

»Du hast selbst gesagt, er wäre im Finsterwald, Onkel. Er

verfault in einer Druidenzelle, hast du gesagt. Und wenn sie ihn nicht mehr einsperren wollen, dann –«

»Ich weiß, was ich gesagt habe!« fauchte Bonifaz. Er richtete sich im Sattel auf und beugte sich vor. Sein Atem stank nach Wein und etwas beängstigend Animalischem.

»Aber das reicht nicht, Derek!« flüsterte er. »Wir müssen sichergehen. Falls er doch entkommt – durch den verrücktesten Zufall oder durch eine verborgene Gabe, die erst jetzt, unter Lebensgefahr, durchbricht ... nun, dann müssen wir den Weg für ihn ... vorbereitet haben.«

»Diese Straße war schon vor vierzehn Tagen vorbereitet«, protestierte Derek, obwohl er wußte, daß seine Worte unbeantwortet bleiben würden.

Bonifaz strich sich unruhig die Haare zurück.

»Aber vierzehn Tage sind wie ein Jahr für das Gedächtnis von ... von denen, die wir angestellt haben«, erklärte Bonifaz mit hoher, etwas zu lauter Stimme.

Derek lehnte sich stirnrunzelnd zurück und durchforschte den Nebel nach Spuren der Söldner. So war es seit heute früh gegangen, als Bonifaz ihn im Stall erwischt hatte.

»Sattle zwei Pferde«, hatte der Ritter mit kalten, gehetzten Augen geknurrt und den Jungen an der Schulter festgehalten.

»Ja ... jawohl, Sir«, hatte Derek erwidert und sofort damit angefangen. Schweigend hatte er die Pferde gesattelt, weil er instinktiv wußte, daß er auf keine seiner Fragen eine Antwort bekommen würde, bis sie unterwegs wären, zu dem Ziel, das Bonifaz sich in seinen fiebrigen Plänen vorstellte.

Die Tore des Turms hatten sich hinter ihnen geschlossen, und sie waren schon mitten im Verkhus-Hügelland gewesen, als Fürst Bonifaz ihm dieses Ziel verraten hatte. Selbst da hatte er nur das Wort »Vingaardfurt« erwähnt. Der Rest war Schreien und Antreiben und Fluchen gewesen, während sie eilig durch das nasse Gras und die ungewöhnlich kalte Luft über die Ebene geritten waren, von der sich hinter ihnen Nebel erhoben hatte, bis der Turm in den Bergen nicht mehr zu sehen gewesen war.

Derek zitterte. Bis zum Frühling war es wirklich noch lange hin, ganz gleich, was der Kalender über den Zeitpunkt seines Anfangs sagte. Als nächstes wäre er von unfreundlichen Gedanken in Murren verfallen, wenn er nicht am Flußufer eine Bewegung bemerkt hätte.

»Da drüben, Sir!« flüsterte er, während er dorthin zeigte, wo die Schatten sich aus dem dichten Nebel über dem Fluß lösten. Drei gedrungene Gestalten mit Kapuze näherten sich geduckt. Wie knorrige, verkrüppelte Geister glitten sie schnell das Ufer hoch.

Bonifaz holte tief Luft. Instinktiv griff er nach dem Schwert, während sein Pferd nervös tänzelte.

Das gefällt mir nicht, dachte Derek.

Bonifaz hob die Hand, und der eine der Ankömmlinge – der Große in der Mitte – hob zur Antwort die eigene. Die anderen beiden blieben im Nebel zurück, wodurch sie kaum mehr zu sehen waren.

»Fürst Tückjäger, nicht wahr?« sagte der vordere. Es lag etwas Trockenes in seiner Stimme, das auf Jahrhunderte zwischen Steinen und Hitze hindeutete. In dieser Umgebung schien das fehl am Platz, und Derek schreckte instinktiv davor zurück, während er an den Zügeln zerrte, um sein entsetztes Pferd davon abzuhalten, vor lauter Schrecken durchzugehen.

Bonifaz blieb ruhig. »Tückjäger« war offenbar der Name, den er für sich gewählt hatte.

»Nicht so laut«, flüsterte er. »Ihr seid in Feindesland.«

Der Assassine – denn das war er, obwohl Bonifaz freundlichere Worte für die Sache benutzt hatte – lachte leise und grausam.

»Sind wir nicht in Solamnia?« fragte er. »Und seid Ihr nicht … mein Freund?«

»Du weißt, was du zu tun hast?« fragte Bonifaz knapp, während er die Kapuze wieder hochschlug.

»Vertraut mir«, zischte der Assassine. Seine Hand stahl sich zu dem Dolch an seinem Gürtel, und Derek kam diese Hand ... *schuppig* vor, wie die Haut eines Reptils. Hinter dem Assassinen blähte sich sein Mantel unnatürlich auf.

Bestimmt nicht, dachte Derek, der seinem Pferd die Nüstern streichelte, um das aufgeregte Tier zu beruhigen. Das ist bestimmt nur eine Täuschung durch den Nebel.

»Dir vertrauen?« fragte Bonifaz. »Sag mir, was du zu tun hast und in welcher Reihenfolge. *Dann* reden wir über Vertrauen. Dann reden wir auch über den Lohn – das Gold, das die bekommen, die Vertrauen verdienen und schweigen können.«

»Am Oberlauf das Wasser zurückstauen«, begann der Assassine, dessen monotone Stimme verriet, daß er auswendig gelernte Anweisungen herunterleierte. »Wachtposten aufstellen. Wenn es soweit ist, kommt ein einzelner Bursche – zu Fuß oder zu Pferd, egal –, und auf seinem Schild ist ein rotes Schwert vor gelber Sonne.«

Bonifaz nickte. »Und wenn es soweit ist ...?«

»Den Damm öffnen, wenn der Junge die Flußmitte erreicht«, leierte der Assassine herunter, der mit einem seltsam patschenden Geräusch von einem Fuß auf den anderen trat. »Dann besorgt der Vingaard-Strudel den Rest.«

»Und dann?«

»Kein Wort über unser Tun und unsern Handel«, war die Antwort. Dann folgte überraschend in Altsolamnisch, das auf den Lippen dieses verhüllten Verschwörers richtig verräterisch klang: »Und meine Komplizen erledigen.«

»Das Gold zu teilen, wird dann viel leichter«, scherzte Bonifaz in der altehrwürdigen Sprache, die nur für Zeremonien und Lieder benutzt wurde, und Derek merkte, wie er vor seinem Ritterherrn ebenso zurückschreckte wie vor den unförmigen Ungeheuern, mit denen dieser sich abgab.

Was ist das, dachte der Junge, dessen dümmliche Arroganz wie eine Dreckschicht unter starkem Regen von ihm abglitt. Wozu verleitet dich deine Ehre, Fürst Bonifaz von Nebelhafen?

Aber er sagte nichts. Derek Kronenhüter saß im Sattel, als das Gold – die Hälfte des besagten Goldes – vom Ritter zum Assassinen wechselte. Der Rest sollte folgen, wenn der Körper des Jungen aus dem Fluß gezogen worden war. Schweigend folgte der Knappe seinem Ritter die sanft ansteigende Uferböschung hoch und nach Norden zur Burg, wo sie für den Rest der Nacht am unschuldigen Feuer Schutz finden würden und mit der Garnison über Eid und Maßstab reden konnten.

»Aber wenn ...«, setzte Derek an, doch Bonifaz wischte seine Worte mit einer ungeduldigen Geste beiseite. Sein Arm sah unter dem dunklen Flügel seines Umhangs aus wie der einer Fledermaus.

»Wer würde denen schon glauben?« fragte er mit fester, böser Stimme. »Welcher Mann von Ehre würde solchen wie ihnen mehr trauen als dem Wort eines Ritters des Schwerts?«

Er drehte sich im Sattel um und bedachte seinen Knappen mit einem kalten, abschätzigen Blick.

»Sei froh, daß der Nichtsnutz Waise ist und keine Onkel oder Vettern nach der Tat bei jedem Kronenhüter nach Rache lechzen. Wenn das der Fall wäre, kämst du auch nicht ungeschoren davon, *Neffe*.«

Er warf Derek einen einschüchternden Blick zu. »Denk dran, ich baue in dieser Sache auf dein Schweigen, so wie du darauf bauen kannst, daß ich gegebenenfalls, wenn es denn sein muß, absolut in der Lage bin, mit ... unbequemen Zeugen fertig zu werden. Es wäre nicht das erste Mal.«

Sein Blick wurde nachdenklicher, was Derek noch weniger behagte.

Fürst Bonifaz schüttelte abrupt und heftig den Kopf, als müßte er sich von einer kaum wahrnehmbaren Musik losreißen. Er richtete sich auf und blinzelte benommen.

»Morgen kehren wir zum Turm zurück, um die letzten ... Vorkehrungen für alle Fälle zu treffen.«

Auf der Solamnischen Ebene in Sichtweite der alten Burg Vingaard empfing Derek Kronenhüter seine eigenen Anweisungen. Und erfuhr, was ihm bevorstand, wenn er diese nicht befolgte.

Am frühen Abend erwachte Sturm zu Musik und zur Berührung sanfter Hände. Zwei schöne Frauen hockten wie kleine, dreiste Vögel in den dicken Zweigen der Eiche über ihm. Sie waren rothaarig und blaß und mandeläugig wie Elfen, wenn auch viel kleiner. Beide trugen dünne, silbrige Tunikas.

»Dryaden!« keuchte Sturm, dem Legenden von Bezauberung und Gefangenschaft einfielen. Er wollte aufstehen. Schnell drückten die beiden ihn fest wieder zurück.

»Pst!« flüsterte die eine, die mit ihren zarten Fingern seine Lippen zusammendrückte. Sie duftete nach Minze und Rosmarin. »Sag dem Meister Bescheid, Evanthe!«

Vergeblich versuchte Sturm, der Dryade zu entkommen, doch sie hielt ihn nur noch fester, genau wie die Wurzeln um seine Beine. Er konnte sich nicht rühren. Dann erwachte durch die Bewegung der Schmerz, der seine Brust und Schulter durchzuckte. Er erinnerte sich an die Wunde, die er erlitten hatte, den schwarzen Dorn in seiner Schulter.

Sturm sah sich nach Mara um, jedoch vergeblich. Dann begannen die bezaubernden Kreaturen neben ihm, leise und melodiös zu singen.

Ihre Stimmen rankten sich um die durchdringende Melodie der Flöte, die sich zwischen den Worten hindurchschlängelte wie ein Otter durchs silberne Wasser. Trotz seiner Verwirrung und seiner wackligen Lage merkte Sturm, wie er zu lächeln begann. Er stützte sich auf einen Ellenbogen und suchte wieder nach dem Elfenmädchen.

Vertumnus saß keine zehn Schritte entfernt still unter einer Stechpalme. Sein Blättergesicht blickte nach oben; auf der Schulter prangte das Wappen der Eule.

Sturm tastete rasch nach seinem Schwert, wobei er die Dryaden, die Wurzeln und das alte Laub aufstörte. Der grüne Mann spielte mit ernster, unergründlicher Miene weiter. Sturm rutschte und stöhnte vor Schmerz auf, als er das Heft seiner Waffe fand, doch die rührte sich nicht von ihrem Platz im feuergeschwärzten Herzen des Baums, und seine Finger glitten vergeblich über das glänzende Metall.

Inzwischen hatte der Herr der Wildnis unerwartete Gesellschaft bekommen. Aus der Deckung des umliegenden Waldes trat ein Hirsch, dann ein Dachs. Drei Raben kreisten über der Eiche und ließen sich in den hohen Ästen nieder. Eine kleine braune Lerche schloß sich ihnen an, und rund um Sturm schienen die Zweige nur so zu schwirren vor Eichhörnchen. Schließlich kam ein weißer Luchs aus den Schatten, der sich zu Vertumnus' Füßen zusammenrollte und Sturm mit goldenen, leuchtenden Augen betrachtete.

Der Junge wollte etwas sagen, doch ihm fehlten die Worte, und der Atem stockte ihm. Wieder schoß der grausame Schmerz durch seine Wunde, bis Sturm nichts mehr sah und fühlte.

»Evanthe, Diona«, befahl Vertumnus. »Macht ihn los.«

»Und dann, Sir?« fragte Evanthe. »Ihn in das Herz des Baumes legen?«

»Den Waldboden mit seinem Menschenblut tränken?« fragte Diona eifrig.

»Keine Gefangenschaft mehr«, erklärte Vertumnus. »Und

kein Tod mehr. Wenn die Nacht vorbei ist, wird er beides hinter sich haben.«

»Du gibst ihn *ihr*!« zischte Diona. »Dieser singenden Hexe mit ihren Wurzeln und Tränken!«

»Sie wird *Gemüse* aus ihm machen!« schimpfte Evanthe. »Und wie sollen wir uns dann vergnügen?«

Vertumnus lächelte spöttisch. Er hielt die Flöte in seiner ausgestreckten Handfläche und blies vorsichtig darüber. Das Instrument verschwand, und angesichts so ruhiger, mächtiger Magie hörten die Dryaden auf zu lärmen.

Luin und Eichel trotteten gemächlich auf die Lichtung. Sie waren vor einen von Grün bedeckten Karren gespannt und mit Schlingpflanzen und Seilen angeschirrt. Die Zügel des Wagens hielt Jack Derry, dessen Augen den Jungen im Baum genau musterten. Mit raschem, respektvollem Nicken und Lächeln nahm er Vertumnus zur Kenntnis.

»Willkommen daheim, mein Sohn«, sagte Vertumnus. Die Dryaden verbeugten sich vor Jack, und aus den schwelenden Zweigen der Eiche flog die Lerche herab, die sich auf seine Schulter setzte.

»Wie geht es ihm, Vater?« fragte Jack, der den Wagen neben Vertumnus steuerte.

»Schleppt sich dahin«, erwiderte Diona, deren weiße Finger an Sturms Hals glitten, um dort sachte den Puls zu fühlen. »Er hat viel durchgemacht und eine schlimme Wunde eingesteckt. Seine Lebenskraft schwindet dahin.«

»Mach ihn los, Jack«, befahl Vertumnus.

»Wie du willst, Vater«, antwortete Jack gehorsam mit einem deutlichen Zwinkern zu den Dryaden, die rot wurden und sich abwandten. »Auch wenn ich nicht weiß, was du mit ihm willst. In Sturm kämpfen Edelmut und Dummheit miteinander, und ich könnte dir nicht sagen, was davon die Oberhand hat.«

»Du fließt wie Wasser durch die beiden Welten, Jack

Derry«, rügte ihn Vertumnus nachsichtig. »Du weißt nichts vom zerrissenen Herzen.«

»Scheint so, daß dieses … *Baummonster* sein Herz fast richtig zerrissen hätte«, stellte Jack trocken fest, als er die Wunde an Sturms Schulter berührte.

»Der Baumhirte unterscheidet nicht zwischen Gut und Böse, zwischen Mensch, Elf und Oger, zwischen Freund und Feind«, erklärte Vertumnus ungeduldig. »Und doch ist er einer von uns und kein Monster. Das wußtest du schon als kleines Kind, Jack. Es hat sich nicht geändert, seit du fort warst.«

Vertumnus sagte nichts weiter. Während er zusah, wie Jack Sturm von dem zertretenen Boden hochhob, machte er eine nebensächliche, fast unbewußte Handbewegung und hatte die Flöte wieder in der Hand.

»Ich schätze«, sagte Jack, der den jungen Solamnier auf die Schultern nahm, »es wäre gar nicht so schlecht, wenn Sturm hier bei uns bleiben würde. Ich müßte ihm allerdings viel beibringen.«

Vertumnus schnaubte. »Er könnte dir auch einiges beibringen, Jack Derry, was Anstandsregeln, Staatswesen und andere Dinge angeht. Du bist in die Höhe geschossen, mein Sohn, aber mit fünf Jahren ist man erst ein grüner Baum und auch ein grüner Junge.«

»Am Hof von Solamnia«, neckte Jack, »würde ich mit fünf noch herumstolpern, mit Spielzeug spielen und bei der kleinsten Kleinigkeit heulen, wie es der da bestimmt getan hat.«

»Er hat nichts davon getan«, sagte Vertumnus ruhig. »Selbst mit fünf Jahren.«

»So lange kennst du ihn schon?« fragte Jack. »Dann kanntest du ja bestimmt diesen … seinen berühmten Vater.«

»Das war in einem anderen Leben, einem anderen Land«, erwiderte Vertumnus träumerisch, während er die Flöte in seinen Händen drehte. Die Raben ließen sich zu seinen Füßen nieder, wo sie aufmerksam herumhüpften und neugierig das helle, glitzernde Ding in der Hand des grünen Mannes anstarrten. »Aber ich kannte Angriff Feuerklinge. Hab' in Neraka unter ihm gedient und bis dann sein Schloß belagert wurde.«

»Was wurde aus Angriff Feuerklinge?« fragte Jack Derry. »Hat der Junge gelobt, ihn zu finden?«

»Ich weiß es nicht, ich weiß es nicht«, sagte Vertumnus und hob die Flöte.

»Warum bringst du ihn dann zu uns, zerrst ihn an seiner grünen Wunde her?« fragte Jack irritiert. »Du weißt nichts über seinen Vater und –«

»Aber von wem sein Vater verraten wurde, *das* weiß ich«, sagte Vertumnus. »Warum Agion Pfadwächter und die Verstärkung Schloß Feuerklinge nie erreichten, wissen die Solamnier längst, aber wer den Hinterhalt ermöglicht hat ...«

»Und du willst Feuerklinge bei seiner Rache helfen?« fragte Jack.

»Nichts läge mir ferner«, erwiderte der Herr der Wildnis gemessen. Und er setzte die Flöte an die Lippen und spielte und erinnerte sich.

Als Vertumnus spielte, kräuselte sich das Wasser vor ihm. Ganz in seine Gedanken und Erinnerungen verloren, beschwor er einen fernen Winter herauf, eine Zeit der Ankunft, als Lady Hollis ihn aus einem düsteren Schlaf zurückgeholt hatte.

Er hatte nie genau gewußt, was eigentlich geschehen war. Er erinnerte sich an das mitternächtliche Treffen von ihm und Fürst Bonifaz mit den Banditen, erinnerte sich an sein Entsetzen, als Geld und Geheimnis vom Ritter zum Räuber gewandert waren. Er erinnerte sich an das Nachspiel, wie man ihn beschuldigt hatte, den Orden verraten zu haben, wie er nachts seiner Wache entwischt war, erinnerte sich an den Winter und den Marsch. Die sicheren Mauern hinter ihm verschwanden, und der Schnee vor ihm war wie ein Vorhang, als er blind und verrückt einen Weg nach Osten suchte, eine freie Straße nach Lemisch. Nach Hause.

Überall war es kalt, und das Schneegestöber tobte gnadenlos, und der Wind blies so laut, daß er bald Stolz und Sicht und Verstand verlor.

Er erinnerte sich an das Fackellicht im fernen Lager, und wie das Licht durch Dunkelheit und Schnee gewachsen war, bis es ihm wie ein Mond oder eine Sonne vorgekommen war, nicht wie der Tod, den er dort eigentlich befürchten mußte. Er erinnerte sich, wie er in den Lichtschein getreten war, wie zerlumpte Männer ihn von allen Seiten angegriffen hatten, an die Flüche und die Schläge auf seinen Kopf, dazwischen die wütenden Silben seiner Muttersprache. Trotz der niederprasselnden Schläge von Stock und Keule und harter Faust hatte er antworten wollen, doch dann hatte sich der plötzliche Schlag auf seine linke Schulter gesenkt, und der scharfe, schwarze Schmerz hatte über seinem Herzen zugestochen ... Die Welt war plötzlich weiß geworden, dann dunkel. Dann nichts mehr.

Und schließlich erinnerte er sich an diesen Ort. Als er wach wurde, hockte eine alte Hexe über ihm, die einen langen, heilenden Spruch sang. Er erinnerte sich an jedes einzelne der vielen Worte, denn so wie sie sang, brachte jedes einzelne Wärme in seine Glieder und Atem in seinen gelähmten Körper. Und mit jedem Wort fiel ein Jahr von dem Gesicht der Sängerin ab, und sie erlangte eine verlorene, unvergleichliche Schönheit wieder – Mandelaugen, braune Haut und schwarzes Haar, das glänzte wie der Winterhimmel.

Langsam und voller Schmerzen hatte er sich bewegt – erst einen Finger, dann eine Hand. Er hatte in das Gras unter sich gegriffen, einen Grashalm abgepflückt, dann noch einen. Aber er war noch zu schwach. Seine Hand konnte er nicht heben. Also schloß er die Augen und ruhte in der sicheren Obhut der Frau und ihres Liedes. Er sah nichts als Grün und Grün, und als er einschlief, träumte er von Blättern und Frühling und Wurzeln tief in der Erde.

Es schien hundert Jahre her zu sein. Es schien eine Ewigkeit zurückzuliegen. Und doch war er hier im Südlichen Finsterwald, Gefährte von Dryaden und Eulen und dieser schönen, geheimnisvollen Frau. Sie hatte ihm sein Leben geschenkt, hatte ihn zum Blühen gebracht. Sie hatte ihm die Flöte und das Wissen um die Weisen gegeben.

Und jetzt gab es andere – andere, die sein Leben und sein Reich bedrohten. Inzwischen kannte er sie und konnte ihnen vergeben. Aber Vergeben hieß nicht Ergeben: Der Finsterwald wuchs in seinem Blut und war unwiderruflich sein.

Sein Lied war vorüber und stieg durch die mondhellen Zweige der Vallenholzbäume auf. Langsam, fast liebevoll, beugte sich Vertumnus über den Jungen, der auf den Karren gebettet war, und flüsterte Sturm etwas zu, das niemand, nicht einmal die Dryaden, hörte.

Jahre später, im Turm des Oberklerikers, in der Kälte des späten Februars, würde Sturm sich im Schlaf dieser Worte entsinnen. Beim Aufwachen würde er sie nicht aus dem nebligen Land seiner Träume mitbringen und auch nicht lange nachdenken, um sich zu erinnern, denn Derek würde am finsteren Tag zuvor scharenweise Ritter in das Gemetzel geführt haben, und der Morgen würde von Waffengeklirr und Vorbereitungen erfüllt sein.

Doch die Worte waren einfach. »Du kannst wählen«, hatte Vertumnus gesagt. »Letzten Endes kannst du immer wählen.«

»Er wird es doch überleben, Vater?« fragte Jack besorgt. Evanthe schob ihren Arm in seinen und küßte ihn frech mit aufgeworfenen Lippen hinter das Ohr.

»Auf die eine oder andere Art wird er überleben«, erklärte

Vertumnus. »Wenn die Lady ihn gut pflegt. Jetzt sing, Evanthe. Diona, sing mit deiner Schwester. Während wir den Jungen zu Hollis bringen, singt ihr das Lied des Waldes.«

Mit plötzlicher Durchtriebenheit drehte er sich zu Jack um: »Du singst auch, Jack. Du hast die schöne Tenorstimme deines Vaters genau wie seine Schwerthand. Solltest du jedenfalls, denn seine Hand und Stimme lassen nach.«

Jack kletterte lächelnd auf den Kutschbock des Karrens, ließ seine Sorgen am schweren Fuß der Eiche zurück und begann zu singen. Er hatte wirklich einen schönen Tenor. Der Karren setzte sich in Bewegung, Jack hielt die Zügel, und die Dryaden, die auf den Hälsen der Pferde saßen, stimmten süß und leise mit ein.

Jack Derry sang, und sein Vater begleitete ihn. Seine Flöte blitzte über die Noten und die Pausen zwischen den Noten hinweg. Wäre Mara dabeigewesen, so hätte sie an der ausgefeilten Technik, mit der er die Pausen der Musik und zwischen den Worten ausfüllte, sofort als die Magie erkannt, die darin steckte. Der Wagen verließ die Lichtung, das Blätterdach schloß sich darüber, und bald lagen Lichtung und Teich still da. Nur in der Ferne hörte man noch das leise Singen und den hellen und heimlichen Klang der Flöte.

In einer der Pausen zwischen den Zeilen löste sich Sturms Schwert aus dem Baum und fiel auf die Erde. Die Wunde, die es dem Holz geschlagen hatte, heilte augenblicklich, und aus allen Zweigen sprossen neue Blätter hervor. Als die Musik wieder anhob, diesmal nur schwach und kaum noch hörbar, wurden zwei Knoten am Stamm erst dunkel, dann feucht, dann glitzerten sie, als der Baumhirte erwachte und seine uralten Augen aufschlug.

Kapitel 7

Der Traum der Lerche

Sturm dämmerte halbwach vor sich hin, als der Karren tiefer in den Wald fuhr. Wenn er die Augen aufschlug, sah er ein dunkelgrünes Blätterdach und glaubte, es wäre Nacht. Er mußte den Tag verschlafen haben.

Aber wohin fuhr er? Und von wo? Er konnte sich nur noch vage an die Ereignisse des Morgens erinnern – irgend etwas mit einem laufenden Baum, einem bewaffneten Gegner. Auch an Vertumnus erinnerte er sich, und es tauchte immer wieder ein unklares Bild um ihn auf, wie Jack Derry auf einem Streitwagen aus Weidenholz auf eine Lichtung gefahren war.

Umwölkt von Grün und Fieber, döste er wieder ein. Seinen Schlaf störten nur irgendwelche Liedfetzen, ein fernes Lied ohne Echo, gedämpft, als käme es aus dem Inneren einer Lampe oder einer Flasche.

Mit geschlossenen Augen lauschte er einen kurzen Moment. Rastlos lief der Schatten einer kupferroten Spinne vor seinem inneren Auge herum, wie ein Bild, das einer Lichtflut folgt. Er dachte an Cyren, dann an Mara, doch die Gedanken versanken wieder in Finsternis und Schlaf, und der Nachmittag war von Träumen erfüllt, an die er sich nie erinnern würde.

Plötzlich war das Bett im Karren von Licht überströmt. Sturm blinzelte, holte erschrocken Luft, versuchte, sich aufzusetzen, und kippte gelähmt vom Fieber wieder um. Starke Hände machten sich an ihm zu schaffen, dessen war er sich sicher, und das Licht über ihm wurde schneller, wie es so durch die Blätter und Nadeln fiel, und die Luft war augenblicklich frisch und voller Pinienduft.

Einmal vermeinte er, Jack Derry über sich stehen zu sehen, aber die Luft war so grün und grell, daß er sich nicht sicher war. Zweimal hörte er Gesprächsfetzen, die von den Dryaden stammen mußten, denn die Stimmen waren hoch, rein und musikalisch wie der Klang von gläsernen Windpfeifen.

»Stirbt er?« fragte die eine, und »Ach, was«, antwortete die andere.

Dann erschrak er und versuchte vergeblich, sich zu bewegen. Denn wer sich über ihn beugte, war die Druidin Ragnell, die nach Kräutern und Torf roch. Ihr runzliges Gesicht war ein einziges Rätsel.

Sie haben mich nach Dun Ringberg zurückgebracht, dachte Sturm, dessen Angst und Zorn mit dem Fieber stiegen. Aber das Gesicht über ihm verschwamm, als wenn es von aufgestörtem Wasser gespiegelt wurde, und als es wieder klar wurde, war es schön und dunkel und grünäugig, das Gesicht einer höchstens vierzigjährigen Frau, deren schwarzes Haar von einem glänzenden Stechpalmenkranz gekrönt war.

Sturm sah in den Tiefen ihrer Augen die Lady Ilys, aber es war nicht Ilys. Trotz seines Fiebers wußte er das genau. »Laßt uns anfangen«, flüsterte sie, und hinter ihr begann ein ganzer Vogelschwarm zu singen.

Der ruhige Teich vor Sturm kräuselte sich von einem Windhauch, und der Baum öffnete sich um ihn herum, um eine Art rustikalen Stuhl anzubieten, damit er ruhig und ungestört schlafen konnte.

Schwatzend, die dünnen Röcke über die Knie hochgehoben, tanzten die Nymphen in den Wald hinein und ließen den verwundeten Solamnier mit den anderen dreien zurück. Ob Lady Hollis' Heilkünste erfolgreich sein oder fehlschlagen würden, war ihnen gleichgültig, nachdem das großartige Schauspiel des Zweikampfes zwischen Ritter und Baumriese seinen spektakulären Schluß gefunden hatte.

Und sie haßten Lady Hollis, die verschrumpelte, alte Druidin, die drüben in Dun Ringberg unter dem Namen Ragnell bekannt war und die nach ihren Angriffen auf solamnische Schlösser vor gut sechs Jahren eine kleine Berühmtheit geworden war. Aus unerfindlichen Gründen hatte der Herr der Wildnis sie als Braut erwählt.

Diona, die nie so recht glauben konnte, wie dumm die Menschen waren, drehte sich noch einmal um, bevor Vertumnus hinter einem Dickicht blauer Ewigkeitsbäume überhaupt nicht mehr zu sehen war. Sie legte die Hand an ein kleines Bäumchen, teilte die Zweige und spähte auf die Lichtung. Einen Augenblick glaubte sie besorgt, daß die Druidin unglaublich jung aussah, daß ihre Haare schwarz und ihr Rücken geschmeidig und gerade war.

Evanthe rief nach ihr, so daß die kleinere Nymphe anmutig kehrtmachte und in den Wald lief. Die Zweige des Ewigkeitsbaums, die sie berührt hatte, waren plötzlich über und über mit weißgoldenen Blüten bedeckt.

Natürlich sahen weder Vertumnus noch Jack Derry, die in der Lichtung neben der Druidin standen, wie alt die Frau war, die anmutig neben dem verwundeten Jungen kniete. Ihre makellosen Züge waren besorgt verzogen.

»Kannst du ihn retten, Mutter?« fragte Jack Derry, worauf die Frau ihn ansah.

»Es war richtig, daß du ihn so schnell zu mir gebracht hast«, stellte sie fest. »Du hast deine Sache gut gemacht, mein Sohn. Jetzt sind dein Vater und ich an der Reihe.«

»Du hast durch den Blitz also Frieden gefunden?« fragte Jack, dessen Stimme vor Sorge zitterte.

»Es gibt Zeiten«, entgegnete die Druidin, »wo das Gesetz sich dem Mut und dem Herzen beugt. Der Baumhirte wird heilen, und das Gesetz wird überleben.«

Sie lächelte Jack zu und widmete sich wieder Sturm. Jetzt breitete sie die Arme über ihm aus, so daß ihr Mantel ihn ganz umgab. »Bringt erst die Eule her«, flüsterte sie.

Der Vogel zwinkerte, hüpfte Vertumnus von der Schulter, breitete die Flügel aus und glitt lautlos durch die Lichtung, um in den Zweigen über dem Bewußtlosen Platz zu nehmen.

»Jetzt«, hauchte Hollis. Vertumnus hob die Flöte an die Lippen. Zuerst vorsichtig, dann immer spielerischer und frecher begleitete er das Lied der Eule mit einer eigenen Melodie. In den Pausen tanzten seine Finger nur so über das Instrument. Hollis hob dem Schlafenden eine schwammige, gelbe Masse aus Flechten an die Nase, und über Vertumnus formte sich ein seltsamer Wirbel aus Nebel und Licht in der Luft zu einem blauen Zeichen für Unendlichkeit, als der erste der drei Träume zu Sturm kam und die Heilung begann.

Er träumte, er läge in den nebelverhangenen Zweigen einer Eiche.

Sturm holte tief Luft und runzelte die Stirn. Er sah sich nach Vertumnus um, nach Ragnell oder Mara oder Jack Derry. Aber er war allein, und selbst von seinem luftigen Aussichtspunkt gute vierzig Fuß über dem Waldboden sah er nichts als Grün und Nebel.

Er war in Grün gewandet, in eine aus Gras und Blättern gewebte Tunika.

Irgendwie wußte er, daß dies nicht der Finsterwald war.

»Und außerdem«, flüsterte er, »weiß ich irgendwie, daß ich gar nicht wach bin.«

Rasch sprach er das Elfte und das Zwölfte Gebet, um vor Hinterhalten im Land der Träume geschützt zu sein, und kletterte vorsichtig vom Baum. Auf halbem Wege, an einem schwierigen Stück, hängte er sich an einen dicken, festen Ast und ließ dann – im Vertrauen auf die merkwürdige körperliche Sicherheit im Traum – einfach los.

Er hatte recht. Von einem warmen Wind getragen, sank er auf das trockene Gras und die Tannennadeln, als wäre er in Wasser eingesunken. Zu seinem Erstaunen trug er wieder seine geerbte Rüstung, Schild und Schwert.

»Was ist denn das für eine Lektion?« fragte er laut. Denn die alten Philosophen meinten, daß Träume Fragen beantworteten. Schnell sah Sturm sich nach Omen um, nach dem Eisvogel, der eine Erhebung in den Orden bedeutet, nach Schwert oder Krone.

»Grün«, befand er und setzte sich schwerfällig an einen Eichenstamm. »Nichts als Grün über Grün und immer nur Grün.«

Er stützte sein Kinn in die Hände, worauf urplötzlich ein Pferd hinter einem dicken Wacholderstrauch wieherte. Hellwach, das Schwert gegen mögliche Monster und Feinde und alle Traumdiebe erhoben, jagte Sturm wie der Wind dem Geräusch entgegen ... und die Zweige glitten an ihm vorbei und durch ihn hindurch, ohne daß er etwas spürte.

Er stand am Rand einer Lichtung unter großen, behauenen Felsentürmen. Die Mauern um die einschüchternden, schwarzen Steingebilde formten ein gleichseitiges Dreieck, in dem an jeder Ecke ein kleiner Turm wie ein drohender, schwarzer Bienenstock herausragte.

»Wayreth!« flüsterte Sturm rauh. »Die Türme der Erzmagier!« Es stand geschrieben, daß nur Eingeladene zu ihnen vordringen konnten.

»Aber warum?« fragte Sturm. »Was soll ich im Zaubererland?«

Da hörte er die Stimmen, sah Caramon und Raistlin aus den Bäumen reiten und unsicher vor den Türmen halten. Ihre braunen Pferde tänzelten nervös. Sie waren so weit weg, daß er sie weder verstehen noch ihre Gesichter sehen konnte. Aber eine leise, tiefe Stimme raunte Sturm etwas zu, als würde ihm ein altes Minnelied, eine Sage oder ein Märchen vorgelesen.

Er fuhr herum und sah den Herrn der Wildnis, der zurück auf die Türme und die Zwillinge deutete und mit der Geschichte fortfuhr.

»Die legendären Türme der Erzmagier«, sagte Raistlin und musterte sie ehrfürchtig.

Die drei hohen Steintürme glichen Skelettfingern, die sich aus einem Grab emporstreckten.

Vorsichtig und widerstrebend wandte sich Sturm wieder der Traumszene zu, die sich zu Vertumnus' Erzählung auftat. Während der Herr der Wildnis sprach, sah Sturm Caramon und Raistlin zu den Worten des grünen Mannes den Mund bewegen.

»Wir können immer noch umkehren«, krächzte Caramon mit heiserer Stimme.

Raistlin sah seinen Bruder erstaunt an.

Raistlin drehte sich zu Caramon um. Sturm schüttelte heftig den Kopf, um ihn irgendwie von Spinnweben und Träumen und dunklen Einflüsterungen zu befreien.

Zum ersten Mal, seit er sich erinnern konnte, fuhr Vertumnus fort, *erlebte Raistlin, daß Caramon Angst hatte. Der junge Zauberer empfand eine ungewöhnliche Gefühlsregung – Wärme breitete sich in ihm aus. Er streckte seine Hand aus und legte sie auf den bebenden Arm seines Bruders. »Hab keine Angst«, sagte Raistlin. »Ich bin bei dir.«*

Caramon sah Raistlin an und lachte nervös auf. Dann spornte er sein Pferd wieder an.

Wie durch die Worte gelenkt, drehten sich Caramon und Raistlin automatisch um und redeten, und als Vertumnus weitersprach, ging Raistlin hinein und verschwand. Den zitternden Caramon ließ er am Tor des Turms zurück.

Sturms Herz fühlte mit Caramon, der allein am Rand des Mysteriums wartete. Ohne den Zwilling lag die Hälfte des großen Kriegers im Schatten begraben.

»Er ... er ist wie eine fadenscheinige Flagge!« flüsterte Sturm, und neben ihm nahm Vertumnus das Erzählen wieder auf. Irgendwann trat Raistlin aus dem Turm in das Traumlicht, und Caramon stand auf, um ihn zu begrüßen. Das war nicht mehr Raistlin, sondern ein verrenkter, gebrochener Mann, der seine Hand hob, mit den Daumen auf seinen sich nähernden Bruder zeigte ... und ...

Die Magie jagte durch seinen Körper und flammte aus seinen Händen hervor. Er beobachtete, wie das Feuer flackerte, wie es einen Ring bildete und Caramon einzingelte.

Sturm schrie auf und bedeckte seine Augen. Das konnte nicht sein! Das konnte auch keine Prophezeiung sein! Raistlin und Caramon waren in Solace. Niemand würde sie nach Wayreth schicken, wenn Wayreth sie überhaupt aufnehmen würde.

Und Raistlin. Raistlin würde doch *nie* …

Vertumnus legte ihm die Hand auf die Schulter.

»Keine Angst, Sturm«, flüsterte Vertumnus, als er Sturms Arm ergriff. »Ich bin bei dir. Versteck dich nicht vor mir.«

Sturm wollte sich losreißen, doch der Herr der Wildnis hielt ihn nur noch fester.

»Verstehst du, Sturm?« flüsterte Vertumnus, dessen Atem nach Zedernholz roch. »Verstehst du jetzt?«

Dann merkte Sturm, wie er sich hob. Die Zweige teilten sich vor seinem Flug, und plötzlich trug ihn eine frische, kühle Brise in den Herbsthimmel, wo über ihm das blaue Zeichen für Unendlichkeit funkelte, bis er in einen kurzen, traumlosen Schlummer fiel.

»Jetzt schicken wir ihm den zweiten Traum«, drängte Hollis, die sich die schwarzen Haare aus dem dunklen Gesicht strich. »Denn jetzt wird der Junge leben. Da bin ich sicher. Er hat sich aus dem Dickicht des Todes erhoben, und jetzt wird er leben. Die Raben werden entscheiden, wie.«

Die Raben waren während des ersten Lieds und Traums leise krächzend über ihnen gekreist. Jetzt saßen die drei Vögel vieldeutig auf den Zweigen eines riesigen Vallenholzbaums. Sie waren so groß wie kleine Hunde und krächzten ihr Lied so trocken, als würden sie es am liebsten überhaupt nicht singen. Hollis legte dem Jungen ein anderes Heilkraut, diesmal eine graue Lotusblume, an die Lippen, und bei der Berührung und dem Geschmack erschauerte er. Einen Augenblick schien es, als würde eine gehörnte Streitaxt über Sturm schweben, die unbarmherzig auf Schuldige wie Unschuldige herniederfahren würde. In diesem bedrohlichen Licht ließ sich Sturm zum Lied der Raben vom zweiten Traum gefangennehmen.

Diesmal war er im Turm des Oberklerikers auf den Zinnen und blickte auf den Hof.

Sturm schwebte im Rauch der Lagerfeuer über den Soldaten. Denn im Turm lagerten Soldaten, die sich an die Mauern drängten, welche sie vor dem Winter, dem Schnee und etwas anderem beschützten, etwas ... das draußen vor diesen Mauern wartete.

So hatte sich Sturm eine Belagerung immer vorgestellt. Er schluckte nervös und trieb von Feuer zu Feuer, immer getragen vom Rauch der Flammen.

Es waren gemeine Fußsoldaten. Manche trugen das Zeichen Uth Wistans, manche das der Merkenins, manche das der Kronenhüter – alles durcheinander. Alle trugen die Zeichen einer geschlagenen Armee. Sie waren vom Schnee durchnäßt, ihre Augen blickten stumpf und gehetzt vor sich hin. Die Ritter streiften wie Viehhüter zwischen ihnen hindurch, ohne daß zwischen Ritter und Soldat ein Wort fiel.

»Was ist das?« rief Sturm dem einen Ritter zu. »Was ist ... hat Neraka ...«

Ohne ihn zu hören, drehte der Ritter sich um und starrte durch ihn hindurch. Es war Gunthar Uth Wistan, der mit grauen Haaren und grauem Bart fast nicht zu erkennen war.

Was auch geschehen war, er mußte durch die Schlacht um zehn Jahre gealtert sein. Plötzlich wurde es im Hof totenstill. Das Gemurmel der Armee, das Knistern des Feuers und das Geklirr vom Waffenputzen verschwanden, und eine vertraute Stimme erhob sich neben ihm.

Vertumnus stand auf den Zinnen – ausgerechnet in der Rüstung der Blitzklinges! Er war wild und unbändig, ein grüner Angriff Feuerklinge, und Sturm war von der Ähnlichkeit überwältigt. Der Herr der Wildnis zeigte auf den Hof und begann wieder mit tiefer, eindringlicher Stimme zu erzählen.

Während er sprach, trat eine verzweifelte Truppe an den Toren an. Ein grauer Sergeant an der Spitze der Kolonne sah zu den Zinnen hoch, und seine Augen trafen sich mit denen von Sturm, als Vertumnus die unausweichliche, düstere Geschichte erzählte.

Mit den Rüstungen und Schwertern und Spießen sahen sie klein und zerbrechlich aus, als sie sich versammelten, mit den Füßen aufstampften, um die Kälte zu vertreiben, und sich hinter den Rittern auf Pferden aufreihten. In der ersten Kolonne konnte ich Breca ausmachen, da er einen Kopf größer war als die anderen. Einmal glaubte ich, daß er zu dem Fenster aufschaute, an dem ich stand, und ich meinte, die Ausdruckslosigkeit in seinen Augen zu erkennen, trotz der Entfernung …

Denn wenn ein Ausdruck nichtssagend sein kann, ohne Angst, Entsetzen und Hoffnung, wenn er überhaupt nur noch Niedergeschlagenheit und Entschlossenheit enthält, dann war das Brecas Ausdruck und der seiner Gefährten, der aussagt: »Es ist nicht so schlimm, wie ich mir das vorgestellt habe, aber schlimmer, als ich erwartet habe.« Und nichts weiter sagte dieser Ausdruck, während sich die unheilvollen Tore öffneten …

»Keine Angst, Sturm«, flüsterte Vertumnus, dessen Augen sich drehten wie Monde, die aus ihrer Umlaufbahn geschleudert wurden. »Ich bin bei dir. Verstehst du, Sturm? Verstehst du es jetzt?«

»Ich … ich glaube«, sagte Sturm in den glitzernden Blick des Herrn der Wildnis. »Nämlich … daß sogar Eid und Maßstab von … von Wahnsinn verraten werden können.«

»Nein«, sagte Vertumnus, dessen Stimme wie ein Flüstern durch Sturms Gedanken ging. »Das ist noch nicht alles.« Wieder lächelte er, doch dieses Mal böser. »Du siehst … Eid und Maßstab *sind* der Wahnsinn!«

Vertumnus packte Sturm an den Schultern und drehte ihn zu der Armee hin, die sich unter ihnen zusammenscharte. »Das sind die, die der Maßstab umbringt«, flüsterte er eindringlich, als die Soldaten unsicher ihre Waffen ausprobierten. »Das ist das Blut, auf dem deine Ehre schwimmt, es sind die Knochen, auf denen dein Kodex steht. Dieses riesige solamnische Spiel ist immer bei uns, so einfach und vergiftet wie unser eigenes, stolzes Herz!«

So spricht ein Verrückter, dachte Sturm, der aus dem Traum in eine beunruhigende Dunkelheit fiel. Sturm würde nie erfahren, wie lange er geschlafen hatte.

»Nun gut«, erklärte die Druidin.

Der Nachmittag war in Abend übergegangen. In der Ferne war der Wald von den Rufen der Nachttiere erfüllt, und über der Lichtung glänzten die ersten Sterne: die grüne Harfe von Branchala und der rote Sirrion, der wie eine brennende Galeere in die Weite des Himmels trieb.

Hollis sah zu Vertumnus hoch. Ihr Gesicht war noch jünger als zu Beginn der Heilung. »Er hat die ersten zwei Träume überlebt. Der dritte ist leicht, wenn er den Willen und den Mumm dazu hat.«

»Keiner von ihnen ist leicht, Hollis«, erwiderte Vertumnus mit merkwürdigem Lächeln. »Du bist nicht aus Solamnia, darum erscheint dir der Traum der Wahl leichter als die anderen. Tatsächlich aber ist es für Sturm der schmerzlichste.«

In der Ferne fing die Lerche zu singen an. Hollis nickte ernst und berührte Sturms Augenlider mit einer Rose, die zwei Blüten hatte – die eine rot, die andere grün wie ein Blatt. Vertumnus begann, auf der Flöte zu spielen, und während er das tat, schob sich der silberne Solinari über die Lichtung und ließ die Blätter des Vallenholzbaums und der Eiche, die Stechpalmenkrone der Druidin und die grünen Locken des Herrn der Wildnis glitzern.

Kapitel 8

Der letzte Traum

Das Vogelgezwitscher erklang durchdringend schrill über ihm – Eichelhäher und Sperling, die abfallenden Töne des Rotkehlchens und hoch über allem das Lied der Lerche, das seine Ohren noch verfolgte, als er sich bewegte und der Gesang erstarb.

Sturm setzte sich auf und sah sich um. Er war an dem Ort, zu dem sie ihn gebracht hatten, so viel erkannte er in seinen fiebrigen, unruhigen, wachen Momenten. Da war der Teich, da die Eiche, da die grasbewachsene Lichtung in der Sonne, aber Vertumnus und seine Begleiter waren verschwunden – kein Jack

Derry, keine Dryaden, keine Druidin. Sturm lag allein unter der Eiche. Schwert und Rüstung lagen säuberlich neben ihm wie eine leere Schale oder ein verlassener Kokon.

Er streckte die Hand aus und berührte den Brustharnisch. Der bronzene Eisvogel war unnatürlich warm, und er war grün angelaufen, als hätte die Rüstung lange niemand mehr poliert. Nachdenklich zog Sturm den Schild heran. Er zwinkerte, als ihm das vom Staub gedämpfte Sonnenlicht aus der eingedellten Wölbung in die Augen fiel.

Plötzlich hustete jemand hinter ihm. Er zuckte vor Schreck zusammen und fuhr herum.

Am Rand der Lichtung stand Ragnell, deren dunkle Augen ihn fixierten.

»I–Ihr!« rief Sturm und griff nach seinem Schwert. Augenblicklich wies er sich zurecht. Schließlich war sie eine alte Frau, und der Maßstab verbot –

»Meine Absichten sind friedlich«, erklärte Ragnell. »Friedlich, aber lehrreich.«

»Ich ... ich war wohl verwundet«, meinte Sturm. Das Licht tat in seinen Augen weh, und die Lichtung verschwamm und drehte sich. »Ich war wohl ... wohl ...«

Ragnell nickte. »Sieben Tage«, sagte sie. »Du hast eine ganze Woche geschlafen. Und gewiß hast du geträumt. Bedeutsame Träume von Dingen, die geschehen werden, die du Prophezeiungen nennen könntest, ich aber eher als Vorahnung ansehen würde ...«

Ihre Worte verwirrten ihn, doch ihre Stimme sprach langsam und eindringlich. Sie schlich sich so heimlich wie Unkraut in Sturms Gedanken, bis er nicht mehr sicher war, ob er die Worte dachte oder ob sie sie sagte. Er schüttelte den Kopf, um diese Stimme loszuwerden. Als das fehlschlug, wollte er aufstehen.

»Ich bin immer noch verwundet«, sagte er mit trockener, atemloser Stimme.

»Natürlich bist du das, Sturm Feuerklinge«, gab die Druidin zurück. Ihr braunes, runzliges Gesicht zeigte keine Regung. »Der Dorn ist immer noch in dir, tief in deiner Schulter, neben deinem Herzen.« Ragnell beobachtete ihn prüfend. »Schau mal deine Hände an«, wies sie ihn an.

Sturm gehorchte und hielt vor Schreck die Luft an. In seinen Adern floß Grün. Auch seine Fingernägel waren grün. Seine Hände waren dunkel und lederartig wie die des Herrn der Wildnis.

»Was ...«, setzte er an, aber Ragnells Stimme erklang unwiderstehlich in seinem Hinterkopf und legte sich wie dicke, fesselnde Ranken über seine Gedanken.

»Er erwachte ...«, begann die Stimme, und die Lichtung verschwamm im Nebel und ließ nichts mehr zurück als die Frau und das schimmernde Wasser und die Nacht. Plötzlich stieg hinter ihr der weiße Mond auf, dessen Licht eine feine Korona um ihre grünen, bauschigen Roben legte. Sturm bäumte sich wütend auf, weil er endlich erkannte, daß er immer noch träumte.

Aus der Wunde in seiner Schulter sickerte es grün, dann violett, dann tiefschwarz, bis sich die Farbe nicht mehr veränderte, während der Saft herausströmte und gerann. Sprachlos schaute er seine Hände an. Anstatt von dem Blutverlust oder Saftverlust – oder was auch immer aus seiner Schulter floß – blaß zu werden, leuchteten sie nun in einem Hellgrün, das jedes Licht zurückwarf.

Ragnells Aussehen veränderte sich, als sie langsam, aber stetig auf ihn zukam. Aus der weisen Alten, die schurkenhaft und verschlagen gewirkt hatte, wurde eine wunderschöne Frau – schwarze Haare, dunkle Haut und dunkle Augen, und sie lächelte so freundlich, daß es sein Herz berührte. Er fiel auf die Knie, denn er wollte nur noch bei ihr sein, auch wenn er nicht hätte sagen können, ob er als Kind oder als Mann geliebt werden wollte.

Das ist eine Versuchung, dachte er, als er durch den grünen Stoff die weiche Linie ihrer Brüste sah. Das macht der grüne Mann. Eine Falle. Ich soll … soll …

Ich weiß nicht, was ich soll, außer daß ich widerstehen muß.

Die Luft duftete nach Zedern, und irgendwo jenseits von Nacht und Mondlicht und Gedanken erhob sich wieder der Klang der Flöte.

Vielleicht ist das die letzte Versuchung, dachte Sturm. Vielleicht wartet hinter diesem Traum Vertumnus, und die Suche ist endlich vorbei.

Die Frau blieb stehen und zog ihre Hand zurück. Sie verschränkte die Arme über der Brust, und ihre Lippen bewegten sich, um Worte zu formen, die durch Sturms Gedankenwelt zogen. Aber er konnte nicht sagen, daß er sie *hörte*, und es war auch nicht Ragnells Stimme, die da sprach, sondern eine tiefere, vertraute Stimme, die ihn an irgend jemanden erinnerte.

Es war eine Männerstimme, und sie beschwor etwas herauf, das mit Schnee und Mitternacht und eiligem Aufbruch zu tun hatte.

Sturm machte die Tunika auf und untersuchte die Wunde in seiner Schulter. Der Dorn war tief, zerfranst und häßlich neben seinem Brustknochen eingedrungen. Erschrocken sah Sturm, daß er immer tiefer eindrang. Bald würde er nicht mehr zu sehen oder zurückzuholen sein, in seinem tiefsten Inneren versinken und dort den letzten, unheilbaren Schaden anrichten.

Ragnell beugte sich herunter und berührte die Wunde. Sturm schrie auf und schlug ihre Hand weg.

»Nein!« rief er aus. »Dieser Wald hat mir genug angetan! Ihr habt viel Schlimmes angerichtet – bei mir, beim Orden und bei meinem Vater während der Belagerung von Schloß Feuerklinge!«

Die Druidin schüttelte langsam den Kopf. Sie lächelte. »Viele Ritter von Solamnia fielen in jenem – ›Aufstand‹, wie ihr es nennt. Aber dein Vater war ein anständiger Mann, und ich habe ihn nicht getötet.«

»Dann … dann …« Sturm wollte etwas entgegnen, aber die Lichtung um ihn herum verschwamm vor seinen Augen, und er taumelte und sackte auf die Knie.

Ragnell hielt den Jungen vorsichtig an der Tunika fest, aber er riß sich los.

Ragnell lächelte unglaublich lieblich. »Nun denn«, sagte sie still und strich mit der Hand über die Wellen. »Wenn ich eine Versuchung bin, dann wollen wird doch mal sehen, wozu.«

Bei ihrer Berührung wurde der Teich still, und umrahmt vom weißen Mondlicht sah Sturm sein seltsam verwandeltes Spiegelbild – ein dunkler Bursche ganz in Grün, voller Blätter und Ranken, das Haar taubenetzt und von Stechpalme und Lorbeer geschmückt.

»Bei Huma!« fluchte er. »Das ist Jack Derry!«

»Nicht Jack Derry, sondern du«, verkündete die Druidin. »Es ist dein übertragenes Ich, Sturm Feuerklinge. Jenseits von Eid und Maßstab in den Tiefen deines Wesens.«

»Noch ein Druidentraum!« widersprach Sturm verächtlich und wandte den Kopf von dem Spiegelbild ab.

»Und … und *das* liegt in meinem tiefsten Inneren?« fragte Sturm.

Ragnell legte ihm die Hand auf die Schulter. Ihr Spiegelbild tauchte im Wasser auf – uralt und gebeugt neben seinem knienden Baumabbild.

»Das und noch viel mehr, Sturm Feuerklinge«, sagte sie. »Eine große Weisheit jenseits von Eid und Maßstab. Aber du hast die Wahl. Ich kann den Dorn entfernen oder … ihn in Musik verwandeln.«

»In Musik?«

Die Druidin nickte. »Eine innere Musik, die dein geteiltes Herz wie die Nadel eines Schneiders durchstechen und zusammenziehen wird, um es zu etwas Ganzem zu machen, dem nichts mehr etwas anhaben kann. Die Musik wird dich den Rest deines Lebens begleiten und dich von Grund auf verändern. Oder ich kann den Dorn entfernen.«

Sie beugte sich vor und wirbelte das Wasser im Teich auf. »Es ist auf jeden Fall deine Wahl«, drängte sie.

Sturm schluckte.

»Wähle«, drängte die Druidin. Sie zeigte auf die Wunde in seiner Schulter. Während sie gesprochen hatte, hatte sich der Dorn noch tiefer in Sturms Fleisch gebohrt. Jetzt lag er zwischen Muskel und Knochen. Sturm konnte den Arm kaum bewegen. Bis zum Ellenbogen war er jetzt grün, und die Farbe stieg langsam höher.

»Er wird tiefer eindringen und tödliche Arbeit leisten«, erklärte Ragnell. »Keine Angst vor der Musik. Bald, Sturm Feuerklinge, bist du Teil des Waldes und des gewaltigen Grüns des Mittsommers.«

»Nein!« schrie Sturm. Über ihm hörte er die schrillen, erschreckten Rufe aufgescheuchter Vögel. »Entferne den Dorn, Ragnell!«

»Wenn ich das tue«, drohte die Druidin, »siehst du deinen Vater nie wieder.« Sie drehte sich um und ging zum Rand der Lichtung.

Sie lügt, dachte Sturm, der ihr folgte. Sie lügt. Und Caramon und Raistlin waren auch nicht im Turm der Erzmagier, und Vertumnus war nicht auf den Mauern des Rittersporn. Sie ist ein Traum, und sie lügt, und diese ganze Traumdeuterei ist einfach dumm, und ich sollte …

»Ragnell!« schrie er. Tief in dem dicken, blauen Ewigkeitsbaum hinter ihr huschte etwas eilig davon. »Hol den Dorn aus meiner Schulter!«

»Nein.« Ihre Antwort kam leise und unsicher.

»Ich kann wählen«, sagte Sturm triumphierend. Die Worte

entfuhren ihm schnell und prompt und sicher, und einen Augenblick lang dachte er, es wären nicht seine eigenen. »Schließlich«, sagte er, »kann ich wählen.«

»Das kannst du, Sturm Feuerklinge«, pflichtete ihm die Druidin nach einer langen Pause bei. Das Flötenlied wich dem einsamen Gesang einer einzelnen Lerche, und gleich darauf war auch diese Musik verklungen. »Dann nimm dein Schwert und deinen Eid und Maßstab.«

Sie drehte sich zu ihm um, und mit einem merkwürdig traurigen Blick griff sie ihm an die Schulter und entfernte den Dorn.

»Die Kraft kehrt sofort zurück«, sagte sie, als alles – Dorn und Druidin, Teich und Lichtung – vor den Augen des erstaunten Jungen zu verschwinden begann.

»Und du mußt nie wieder wählen.«

Mara trug den Körper der Spinne zu einem kleinen Hügel am Rand des Waldes, wo die Bäume dem Gras, den Steinen und dem Mondlicht Raum gaben und wo man durch das dünner werdende Blattwerk im Westen die Lichter von Dun Ringberg sehen konnte.

Für ein so großes Wesen war Cyren überraschend leicht. Es war, als hätte die Spinne bei ihrem Tod nur eine dünne, papierartige Hülle zurückgelassen, wie einen zerbrochenen Kokon oder eine Krebsschale.

Seine Beine waren jetzt schon trocken und brüchig.

Mara wußte kaum, wohin sie ihn trug, und noch weniger, weshalb sie das tat. Der Wald um sie herum war laut drohend und dunkel, voller Grunzen und Pfeifen und knackendem Unterholz. Sie kletterte über einen umgestürzten Ahorn, dann durch ein Dornendickicht, das ihr die Haut zerkratzte und an ihren Kleidern zerrte.

Sehr selten schien Mondlicht durch die Zweige. Dann konnte Mara zum offenen Himmel hochschauen, zu den Sternen im immer dunkleren Violett der Nacht.

Es war, als hätte sich der Wald gegen sie verschworen, als wäre alles in ihrem Elfenblut voll Angst und in der Schwebe. Immer wieder knurrte es rauh und unvertraut im Unterholz, etwas Gieriges, Verwundetes, Zorniges. Kurz darauf kamen dann wieder ein paar kurze, silberne Flötentöne aus der Nähe, so schön und vielsagend, daß sie dachte, sie hätte das Lied geträumt. Mehr als einmal hätte sie am liebsten den toten Cyren zurückgelassen und wäre ins Freie gestürmt, wo sie Licht und kühler Wind erwarteten. Wäre am liebsten einen Vallenholzbaum bis zum Dach des Waldes hinaufgeklettert, wo der Himmel sich auftun würde.

Und die ganze Zeit weinte sie.

»Zauberei!« murmelte sie bitter, als sie das Tier um eine flache Felsnase schleppte. »Das ist doch genau verkehrt rum. Prinzen und Könige werden in Frösche oder Vögel oder zu Stein verwandelt oder müssen hundert Jahre schlafen. Die alten Märchen lügen, denn offenbar kann auch ein Stein, ein Frosch oder ein Vogel zum Prinzen werden. Ich war in Calottes Blendwerk verliebt.«

Auf einmal fand sie die ganze Geschichte komisch. Sie fing an, fassungslos zu lachen, setzte sich auf einen Stein, sah der Spinne tief in ihre vielen, trüben Augen und lachte, bis sie wieder weinen mußte.

Dann kam ihr ein unglaublicher Zufall zu Hilfe, denn sie bemerkte den schwachen Geruch von Holzrauch in der Luft, der von irgendwo rechts zu ihr herüberwehte. Wieder hob sie mühsam Cyrens Körper auf, der schwerer wurde, je länger sie unterwegs war, und trottete dem Geruch nach.

Mit der Spinne auf den Schultern kletterte sie einen Hang hoch. Das letzte, steile Stückchen überwand sie nur, indem sie ihre Füße gegen den dünnen Stamm einer jungen Weide stützte. Dann erreichte sie frische, leichte Luft und eine windgepeitschte Lichtung über dem zurückweichenden Wald.

Zärtlich setzte sie die Spinne ab. Sie kniete oben auf dem Hügel und zog ihr Messer. Konzentriert, fast ehrfürchtig, begann sie, ein Grab in den steinigen Boden zu graben. Dabei sang sie eine Totenklage aus dem Westen, die sie auf ihren Reisen mit dem Tier, das sie begraben wollte, gelernt hatte.

»Bis heut hast du mir stets erklärt,
Warum die Erde dunkel wird
Und wie das Dunkel den Regen begehrt
Und Farn und Blumen dann gebiert.

Schon heute könnt' ich nicht mehr sagen,
Wie Goldminen es überstehen,
Wenn tausend Lenze an ihnen nagen,
Wenn tausend Leben vorüberziehen.

Nun füllt der Winter meinen Geist,
Der Herbst und auch des Sommers Pracht –
Doch jeder Lenz von nun an heißt
Ein weit'res Jahr für mich zur Nacht.«

So grub sie und sang das Lied noch einmal, bis hinter ihr ein Pferd wieherte und ein Schatten über sie fiel. Jack Derry kam näher und kniete sich neben sie. Schweigend, mit der gesunden Zuversicht, der sie auf ihrem gemeinsamen Weg zu vertrauen gelernt hatte, und auch mit ungewohntem Ernst zog der Gärtner sein Messer heraus und grub mit ihr.

Bis Mitternacht hatten sie das Tier feierlich auf ein Blätterbett gelegt. Dann deckte Jack es zu, während Mara eine alte Elfenmelodie spielte, die süß und getragen durch die tiefblaue Nacht zog. Während sie spielte, stieg langsam und völlig unerwartet der rote Mond Lunitari hinter einer Gruppe Pappeln auf und vereinte sich mit dem weißen Solinari darüber.

Erstaunt sah Mara an den hohen, wolkenlosen Himmel über Lemisch jenseits der überraschenden Vereinigung der Monde. Da leuchtete am frühen Morgenhimmel blau und weiß die helle Spirale der Mishakal. Jack lächelte.

Es war später am Morgen oder an einem Morgen bald darauf, als Sturm mitten im Wald erwachte. In voller Rüstung lag er neben einem träge fließenden Bach, an einem seltsamen, einsamen Ort, den er noch nie gesehen hatte. Ranken, Schlingpflanzen und Dornengestrüpp umwucherten ihn, und das Blattwerk um ihn herum war völlig unberührt, als hätte man ihn vorsichtig von weit oben an diesen Ort gelegt.

Er rieb sich die Augen und stand auf. Es dauerte einen Augenblick, bis er merkte, daß er sich anders bewegte. Er hatte wieder Kraft in der Schulter. Überrascht betrachtete er seine Hände, die gerötet wie früher und nicht mehr grün waren.

»Träume ...«, murmelte er und betastete seine Schulter. Die Haut war weich und zeigte keine Narbe, und sein Arm ließ sich bewegen und war völlig geheilt.

»Wann hören die Träume auf?« fragte er sich und bahnte sich mühsam einen Weg durch das Dickicht.

Den ganzen Tag wanderte Sturm Feuerklinge mit wachsender Erregung durch den Südlichen Finsterwald. Er erinnerte sich an die Worte des Herrn der Wildnis am Julfest: »Triffst du mich nicht am genannten Ort zur genannten Zeit, so ist deine Ehre für immer dahin.« Und so suchte er nach Vertumnus, doch sein Eifer verwandelte sich in Verwirrung, als ihn alle Pfade, die er beschritt, auf die Ebene von Lemisch führten, wo er nördlich vom Rauch und den geduckten Hütten von Dun Ringberg herauskam. Wie ein von einem eigenwilligen Förster ersonnener Irrgarten führte ihn jeder Pfad zu derselben Stelle zurück, und jedesmal staunte Sturm, daß der Pfad, der aus dem Wald kam, anders aussah, als der vorherige.

Er verbrachte die Nacht am Waldrand. Die Bäume schienen vor seinem kleinen Lagerfeuer zurückzuschrecken, und am Morgen stellte er fest, daß sich entweder sein Lager bewegt hatte oder der Wald zurückgewichen war, denn es lag gut hundert Schritt von seinem ursprünglichen Ort entfernt.

Durcheinander und immer noch etwas schlaftrunken ging er zum Wald, doch der Pfad war verschwunden. Jeder kurze Ausflug in den Wald führte ihn an dieselbe Stelle zurück, und allmählich dämmerte ihm, daß der Wald selbst ihn zurückwies. Gleich, welche Richtung er einschlug, bald stände er wieder auf der Ebene.

»Die erste Frühlingsnacht ist vorüber«, sagte sich Sturm mit wachsender Verzweiflung, als ein weiterer Pfad in den Wald ihn zu seinem Lager zurückführte. »Ich habe meine Verabredung mit dem Herrn der Wildnis versäumt. Ich habe mein Gelübde gebrochen.«

Und doch lebte er. Die Wunde in seiner Schulter war nicht auf geheimnisvolle, tödliche Weise »aufgeblüht«. Nein, wenn er seine Schulter untersuchte, fand er keine Spur mehr von der Wunde – nur ein ganz leises, unbehagliches Gefühl, wenn seine Finger zu fest auf die Stelle drückten.

Etwas sagte ihm, daß die Mühen nicht vorbei waren, daß er den Herrn der Wildnis treffen würde, wenn er noch ein wenig länger suchte. Er beschirmte die Augen mit der Hand und starrte erst an der dicken, undurchdringlichen Grenze aus Bäumen und Dornen entlang nach Norden und Süden, um sich dann auf den Weg nach Dun Ringberg zu machen.

»Von allen Orten, die ich kenne«, flüsterte er, nachdem er sein Schwert wie eine Pike an die Schulter gelegt hatte, »bin ich in diesem Dorf wohl am wenigsten willkommen, aber bestimmt liegt dort der Schlüssel zu diesem Geheimnis.«

Kapitel 9

Die Umkehr

Lange ehe er die nähere Umgebung des Dorfs erreicht hatte, verlor Sturm den Rauch und die flackernden Lichter aus den Augen, die er von Norden her gesehen hatte. Er versuchte, seiner Erinnerung zu folgen, wartete verzweifelt auf Vertumnus' leitende Musik, doch im Wald war es still bis auf die gelegentlichen Vogelrufe. Gerade als er glaubte, er würde Dun Ringberg niemals finden, gelangte er über eine Anhöhe direkt an den Rand der Siedlung.

Der Ort sah völlig verändert aus, als hätte etwas Großes, Namenloses fürchterlich Rache an diesem Flecken genommen.

Hütten und Schuppen neigten sich gefährlich schief, weil sie von Schlingpflanzen, ausschlagenden Bäumen und dem hartnäckigen Druck herankriechenden Unterholzes von ihren Grundmauern gedrückt wurden. Dun Ringberg war bis zu den Spitzen der Dächer ergrünt.

Sturm wanderte durch einen Dschungel aus Blättern und Häusern, im Ohr das zornige Summen von Insekten, seine Nase durch den scharfen Geruch des Immergrüns und den zarten Duft der Blumen abgelenkt. Das Grünzeug hatte sich dem Anschein nach von Osten nach Westen ausgebreitet, und das große Mittelhaus war von Schlingpflanzen überwuchert und durch die großen, ausladenden Wurzeln eines zweihundert Fuß hohen Zürgelbaums säuberlich von seinem Fundament gehoben worden.

Sturm lief schweigend mit blanker Klinge durch die Gäßchen und Seitenstraßen, während er über einen Umweg auf Wielands Schmiede zusteuerte. Er überquerte den überwucherten Dorfplatz, drängte sich nach Westen durch ein plötzlich aufschießendes Gewirr aus Wein- und Kürbisranken zum Ortsrand, wo – wenn ihn seine Erinnerung nicht gänzlich täuschte – die Schmiede und der Stall liegen mußten. Seine Rüstung schepperte in den efeubewachsenen Gassen, und seine Hoffnung wechselte sich mit Angst vor Entdeckung ab.

Die Straßen um Wielands Werkstatt waren still und leer. Es war, als wäre dieser Teil des Dorfes verlassen oder als hätten sich die Dorfbewohner ein Stündchen zurückgezogen, weil bei der Schmiede eine wichtige Privatangelegenheit auszutragen war. Obwohl die Dörfler fehlten, lagen ihre Sachen herum: Messer, Halsreifen, Ahlen und Spindeln lagen kreuz und quer auf dem Dorfplatz, und mehr als einmal trat Sturm auf zerbrochenes Geschirr, das unter seinen Stiefeln zerbröselte wie die Außenskelette großer Insekten. Ein Bronzespiegel, dessen Oberfläche grün angelaufen und matt war, lehnte völlig schief an einer Haustür. Nicht weit davon lag ein goldener Schleier, dessen Rand mit grünen Rosen bestickt war, seltsam unberührt zwischen all dem Wachstum und Verfall. Sturm ging in die Knie und hob den Stoff auf, um ihn traurig ins Sonnenlicht zu halten.

Er warf ihn in die Luft. Der Stoff wiegte sich im leichten Wind, blähte sich auf und blieb auf dem Fensterbrett eines verlassenen Häuschens liegen. In diesem Augenblick ging der Klang eines Hammers, der auf einen Amboß trifft, durch das Dorf.

Sturm rannte in wilder Hoffnung los. Wenn überhaupt jemand hier, dann würde Wieland den Weg zu Jack Derry wissen. Und Jack würde den Weg zu Vertumnus wissen.

Die Stalltüren standen weit offen, doch in der warmen, stickigen Dunkelheit wieherte und schnaubte ein Pferd. Auch im Fenster der Schmiede waren Bewegung und Licht zu sehen, und ein Mann ging in der Schmiede auf und ab und sang dabei leise vor sich hin.

Ohne zu zögern, lief Sturm zur Tür der Schmiede und machte sie auf.

Vor ihm stand Vertumnus, der mit erwartungsvollem Lächeln Hammer und Zange hielt.

Er legte sein Werkzeug hin und wischte sich mit einem rauhen, festen Tuch die Hände ab, während Sturm auf der Schwelle in der Hitze der Schmiede stand und sich zu erinnern versuchte.

Erstaunt ließ Sturm sein Schwert sinken. Plötzlich war es fast greifbar. Die Träume und seine Wahl schienen irgendwie einen Sinn zu ergeben, obwohl Sturm sie noch immer nur schwer hätte erklären können. Er wollte etwas sagen, wollte Vertumnus mit hundert Fragen bestürmen, doch der Herr der Wildnis blieb stehen und gebot mit erhobener Hand Schweigen.

»Du siehst müde und abgekämpft aus«, stellte er fest, »und

ich wäre ein armseliger Gastgeber, wenn ich dir kein Brot und nichts zu trinken anbieten würde.«

»Nein, danke. Ich meine, ja. Ja, Brot wäre gut. Und Wasser.«

Vertumnus verschwand mit der Schöpfkelle in der Hand durch die Hintertür zum Brunnen. Sturm folgte ihm einfach, wobei er ungeschickterweise gegen den Amboß stieß.

»Ein grüner Junge bist du, Solamnier«, sagte der grüne Mann gut gelaunt, der Sturm auf seinem Weg zum Vorratsschrank mit dem Brot streifte. »Grün und stur, obwohl beides in diesem Fall zu deinem Besten war. Daß du so grün bist, hat dich vor Bestechlichkeit und Kompromissen bewahrt, und deine Sturheit hat dich hierhergeführt.«

»Sie hat mich scheitern lassen«, sagte Sturm verärgert, »denn der erste Frühlingstag ist bereits vergangen. Ihr seid mir entkommen, Vertumnus, und Ihr habt somit gewonnen!«

»Immer dieser Solamnier in dir, der über Formfragen jammert«, erwiderte Vertumnus fröhlich. »Ich weiß noch, daß ich gesagt habe, wenn du mich nicht zur rechten Zeit triffst, ist deine Ehre für immer dahin.«

Sturm nickte wütend, setzte sich umständlich auf die Bank in der Schmiede und nahm Brot und Schöpfkelle an.

»Daran ist nur diese Druidin schuld«, beharrte Sturm. »Ragnell hat mich drei Tage eingesperrt und mich hinterher eine Woche schlafen lassen, sonst hätte ich Euch rechtzeitig erreicht.«

Vertumnus setzte sich auf den Boden. »Durch diese Gefangenschaft warst du sicher. Du wurdest von einem gnadenlosen Feind verfolgt, und als die Herrin dich in Gewahrsam nahm … hat er die Jagd aufgegeben.«

Sturm zog verärgert die Nase hoch. Wieder dieses Märchen von Bonifaz und seiner Verschwörung.

»Und?« fragte Vertumnus, der seine Hände im Schoß faltete. Er sah aus wie eine alte östliche Statue, ein Symbol ferner

Heiterkeit. »Und? Spürst du die Wunde? Den Verlust? Das Dahinsein?«

»Das ... das verstehe ich nicht«, wehrte sich Sturm.

»Ich könnte mir vorstellen«, hakte Vertumnus nach, »daß du deine Ehre nicht verloren hast, falls du nicht vorhast, sie wegen eines Datums aufzugeben ... Oh«, rief er aus, als wäre ihm plötzlich etwas eingefallen. »Ich habe doch ein Geschenk für dich.«

Vertumnus stand auf und sprang an das Regal in der Schmiede, wo er auf einen Stuhl stieg und etwas Langes, in festes Tuch Eingewickeltes herunterholte. Langsam und stolz wickelte er es aus und hielt es Sturm hin.

Es war eine Schwertscheide, deren Oberfläche wundervoll und makellos gearbeitet war. Ein Dutzend Gesichter starrten Sturm an. Sie waren in glänzendes Silber getrieben wie Spiegelbilder aus einem Dutzend Spiegeln oder die Statuen in Kastell di Caela, das jetzt Meilen und Jahre entfernt schien. Jedes Gesicht hatte seine Augen, seine Züge, und jedes war rot und grün von kupfernen Blättern und Rosen umrankt, so daß es zu lodern schien – ein Dutzend Sonnen oder Sonnenblumen oder knospende Pflanzen.

»Das ist ... wirklich herrlich, Sir«, sagte Sturm still, als seine Manieren die Verblüffung überwunden hatten. Er bewunderte die Scheide aus einem gewissen Abstand und scheute sich davor, sie zu berühren. Gedankenverloren setzte er sich auf den Amboß und kniff die Augen zuammen, um das Geschick dieses Handwerkers zu bewundern. »Ich glaube, das kann nur von Wieland stammen.«

»Von seinem Meister«, sagte Vertumnus ruhig. »Niemand auf dieser Welt könnte etwas Vergleichbares fertigbringen, wenn ich das sagen darf.« Stumm hockte er sich in die offene Esse.

»Eure Zuvorkommenheit, Fürst Vertumnus, ist dem Reisenden höchst angenehm«, erklärte Sturm so förmlich wie möglich, während er die Scheide in der Hand drehte. »Und zweifellos zeugt sie ebensosehr von Eurer Ehre und Eurer Erziehung wie dieses wunderbare Geschenk.«

Aus der Ecke der Schmiede, wo Vertumnus im rötlichen Schatten an den Flammen hockte und die glühenden Kohlen mit Torf abdeckte, kam gedämpftes Gelächter.

Sturm räusperte sich und kam zur Sache. »Aber ich erinnere mich an eine Vereinbarung zwischen uns, die beim Julbankett getroffen wurde. ›Komm am ersten Frühlingstag‹, sagtet Ihr, ›in meine Burg im Südlichen Finsterwald. Komm allein, damit wir es beilegen – Schwert gegen Schwert, Ritter gegen Ritter, Mann gegen Mann.‹ Ihr sagtet, ich müßte meines Vaters Ehre verteidigen, und Ihr habt meine in Frage gestellt.«

Vertumnus nickte, doch sein geheimnisvolles Lächeln wich einem klaren, starren Ernst.

»Also zum Geschäftlichen«, flüsterte er. Nachdem er das letzte Stück Torf aufs Feuer gelegt hatte, richtete er sich zu seiner vollen, beeindruckenden Größe auf – er war einen Kopf größer als der Junge vor ihm.

Sturm schluckte. Er hatte den grünen Mann nicht so groß, so beeindruckend in Erinnerung gehabt.

»Das war nicht *alles*, was zwischen uns gesagt wurde«, bestätigte er. »Ihr Solamnier mit eurer Begeisterung für Regeln und Verträge solltet euch an alles erinnern, was gesagt wurde, und zwar wortwörtlich.«

»Aber ich erinnere mich ja«, gab Sturm zurück. »›Denn jetzt bin ich dir einen Schlag schuldig‹, sagtet Ihr, ›so wie du mir ein Leben schuldest.‹«

»Dann stimmt unsere Erinnerung überein«, murmelte Vertumnus. »Folg mir in den Hof der Schmiede. Dort werden wir den Bedingungen dieser Vereinbarung Genüge tun.«

Sturm legte die Scheide hin und trat aus der Schmiede in das

Nachmittagslicht. Vertumnus wartete am Brunnen zwischen Laub, beschädigten Geräten und halbfertigen Ornamenten. Augenblicklich erhob sich aus der Erde um sie herum eine leise Musik, und Sturm hielt mit nervöser, gespannter Bereitschaft sein gezogenes Schwert vor sich.

»Bewaffnet Euch, Fürst Vertumnus!« drohte er mit zusammengebissenen Zähnen.

Faul und katzenartig lehnte Vertumnus am steinernen Brunnen.

Und dann griff er mit schwindelerregender Schnelligkeit an. Seine grüne Hand schloß sich mit bezwingender Kraft um die Schwerthand des Jungen.

»Schwert gegen Schwert«, murmelte er und drückte fester zu.

Sturm zuckte zusammen. Ein überwältigendes, fast elektrisches Gefühl durchlief seinen Schwertarm. Sturm wollte aufschreien, die Klinge loslassen, doch die Kraft war fesselnd und gnadenlos. Fassungslos starrte er Vertumnus an, der ihm mit einem wilden, höhnischen und doch überraschend sanften Blick in die Augen sah. Aus dem Herzen des Jungen erhob sich ein unendlich süßes Gefühl, und um ihn herum war Musik – von Flöte und Tamburin und Elfencello und irgendwo mittendrin der schwache, herbe Ruf einer Trompete, den er wieder und wieder hören würde bis zu dem Tag auf den Zinnen des Turms, wenn in der Ferne die Drachenfürstin auftauchen und er hoch auf dem Rittersporn stehen und das Lied zum letzten Mal vernehmen würde, um endlich zu begreifen, was es bedeutete …

Er kniete auf dem Boden zwischen Pflugscharen, Hufeisen und verbogenen Schwertern. Vertumnus stand mit dem blitzenden Schwert in der Hand über ihm.

»Ritter gegen Ritter und Mann gegen Mann«, schloß der Herr der Wildnis ruhig.

Sturm konnte seinem siegreichen Gegner nicht in die Augen sehen.

»Die Bedingungen sind fast erfüllt«, sagte der geschlagene Junge voller Furcht. »Ihr könnt mir den Schlag geben, den ich verdient habe, und das Leben nehmen, das ich Euch schulde.«

Während er so vor Vertumnus kniete, bezwang Sturm seine Todesangst. Er murmelte eine solamnische Totenklage, um auf das heruntersausende Schwert vorbereitet zu sein …

Das seine linke Schulter berührte, dann die rechte, und das mit einem leichten, freundlichen, spielerischen Schlag.

»Erhebt Euch, Sir Sturm Feuerklinge, Ritter des Waldes«, lachte der Herr der Wildnis.

Mit befremdetem Ärger sah Sturm zu seinem Gegner hoch …

Der ihn verspottet hatte, seine Ehre besudelt, seine Waffe gestohlen …

Der den Maßstab selbst um den ritterlichen Tod betrogen hatte …

»Das Leben, das du mir schuldest, Junge«, sagte Vertumnus, »ist das, das du mit Schaukämpfen und Rache vertändeln würdest.«

Sturm starrte ihn fragend an. Er war wie vom Donner gerührt.

»Mein Sohn hat dir von … Fürst Bonifaz Kronenhüter erzählt?« fing der Herr der Wildnis an. »Und du hast seine Machenschaften auf dem Weg in den Finsterwald selbst erlebt?«

»Ich – ich könnte nicht behaupten, daß es ein einfacher Weg war, Fürst Vertumnus«, erwiderte Sturm stockend. »Aber ich kann nicht glauben, daß das Fürst Bonifaz' Werk war.«

»Denk nach!« drängte Vertumnus aufgebracht. »Räuber und Assassinen mit solamnischem Geld von hier bis zum Turm des Oberklerikers, unzählige Mißgeschicke und Zufälle, das einzige Geschenk, das du von Bonifaz erhalten hast, absichtlich verdorben … Wenn du nur eins und eins zusammenzählst, und wenn Eid und Maßstab dich nicht für die Wahrheit blind machten, kämst du leicht auf die Antwort!«

»Aber warum?« fragte Sturm. »Wenn Fürst Bonifaz Kronenhüter zu solchem Verrat fähig ist, warum gegen mich?«

»Warum?« fragte Vertumnus, und plötzlich erfüllte Musik den von Abfall übersäten Hof, als wäre ein Wind über die Flöte an seinem Gürtel gestrichen und hätte ihr ein Lied entlockt. »Hör zu und sieh in die neue Klinge deines Schwerts ...«

Er mußte einfach hineinsehen, und im Herzen der Klinge sah Sturm ein verschneites Land, während sich das Metall von Silber zu Weiß verfärbte. Sturm blinzelte und sah genauer hin ...

Böse, schattenhafte Gestalten, die sich mit Mantel und Kapuze vor dem Schneetreiben schützten, versammelten sich an einem fernen Paß. Ihr Anführer war ein Mann zu Pferd, dessen Kapuze trotz des Wetters zurückgeschlagen war. Mit seinem Bart und seinen Narben sah er aus, als wäre er aus Geröll und trockenen Zweigen geschnitzt.

Der Mann war in ein Gespräch mit einem anderen vertieft, der die elegante, solamnische Rüstung trug. Der Ritter war anscheinend von nur einem anderen Ritter und drei Fußsoldaten begleitet. Von seiner Rüstung perlte geschmolzener Schnee, als der wortführende Ritter dem zerlumpten Kerl eine Schriftrolle in seine knorrige Hand legte und durch die eisige Luft zu einem dunklen Durchgang durch die Felsen zeigte.

»Durch diesen Paß werden sie kommen«, sagte er.

Sturm kannte die Stimme. Er wollte etwas rufen, aber die Musik umgab ihn und brachte ihn zum Schweigen.

»Es wird die Standarte von Agion Pfadwächter sein«, sagte der Mann. »Roter Zentaur vor schwarzem Berg.«

Der rauhe Mann zog den Mantel enger um sich. »Und dafür eine so großzügige Bezahlung, Fürst ...«

»Tückjäger«, entgegnete der Mann. »Du kennst mich nur als Fürst Tückjäger.«

»Ein Trugbild!« rief Sturm, der seine Augen von der Vision losriß. Vertumnus, der auf dem Amboß saß, betrachtete ihn neugierig und etwas traurig. »Das ... das *muß* ein Trugbild sein! Es *muß* ...«

»Aber wenn nicht ...«

»Ich werde mich so blutig rächen, daß ...«, fing Sturm an.

»Nein.« Mit zwei langen Schritten war Vertumnus neben Sturm und faßte ihn fest an die Schulter.

Sturm keuchte. Der Schmerz war vorbei ... die Wunde ...

»Nein«, wiederholte Vertumnus. »Es ist kein Trugbild. Denn ich war der andere Ritter, Sturm Feuerklinge. Ich bin durch den Schnee zu jenem entfernten Paß geritten, wo den Banditen Schriftrolle und Lohn ausgehändigt wurden. Zusammen mit den Fußsoldaten, die uns begleiteten. Und als Agion fiel und das Schloß verloren war, war ich es, den Bonifaz beschuldigte.«

Erschüttert ließ Sturm sein Schwert fallen. Blind vor Tränen und Wut tastete er auf dem Boden nach der Klinge, während der Herr der Wildnis ungerührt fortfuhr.

»Ich bin ihm in die Berge und das Schneetreiben gefolgt, weil mich meine Liebe zum Maßstab dazu trieb und weil ich entzückt war über die Ehre, Fürst Bonifaz auf seinen eigenen Wunsch begleiten zu dürfen. Liebe und Entzücken verwandelten sich in Haß und Wut, als ich seine Verschwörung und seinen Verrat sah.

Aber was konnte ich sagen? Ich bin nach Schloß Feuerklinge zurückgekehrt, wo Bonifaz, der wie ein alter Fuchs im Schnee in unseren Spuren zurückritt, Kodex und Maßstab und die ganze verdammte solamnische Maschinerie benutzte, um *mir seinen* Verrat anzulasten. Als ich die Ritter verließ und in den tiefen Schnee hinauslief, wußte ich nichts von Hollis und der Veränderung, die mich erwartete. Ich dachte, ich würde in den Tod ziehen und langsam in Eis und Schlaf versinken, doch einen solchen Tod zog ich dem des Ordens vor – daß mein Blut und meine Freude von den Händen dieser blutarmen, freudlosen Gefährten vergossen würde.

Aber ich habe dich nicht den ganzen Weg hierhergeholt, damit du weiteres Blut vergießt. Solamnische Rache ist etwas scheußlich Verzwicktes, heiß und giftig wie die Paarung von Spinnen. Und ich sage auch nein zum Eid und zum Maßstab und zu dem Stolz, den dein Orden aus ihnen zieht. Denn der Maßstab übt vielleicht geregelt Rache, aber dennoch ist es Rache, dennoch ist sie verzwickt und böse.«

»Aber … was *dann*?« Sturm schrie beinahe.

Vertumnus hockte sich neben den Jungen.

»Bleib im Finsterwald«, sagte er. »Vergib Bonifaz … dem Orden … deinem Vater … ihnen allen. Vergib ihnen und laß sie hinter dir zurück. Vergib ihnen.«

»Aber der Eid und der Maßstab!« beharrte Sturm. »Tausend Jahre Gesetz –«

»Haben nichts Gutes gebracht!« unterbrach ihn Vertumnus heftig. »Aus den Kronenhütern und den Jeoffreys haben sie Unmenschen gemacht, sie haben Tausende von Namenlosen abgeschlachtet, haben dich den Vater gekostet und dich hoffnungslos zu Tode verwundet, wenn nicht …«

Voller Angst und Zorn kroch der Junge von dem Mann vor ihm davon, wobei er mit der Schulter gegen die Brunnensteine stieß. Schließlich erhob er sich auf die Beine. Seine Augen waren vor trostlosem, wütendem Schmerz zusammengekniffen, und die Knöchel seiner Finger waren weiß, so fest umklammerte die Hand den Schwertgriff.

Blasphemie. Das dulde ich nicht. Bei Huma und Vinas Solamnus und Paladin persönlich, das dulde ich nicht!

»Mein Vater ist jetzt der Orden!« rief Sturm mit dünner, bedrängter Stimme im stillen Hof aus. »Meine Familie ist der Orden! Geht zurück in Euren Wald und laßt mich allein!«

Als er erwachte, lag er mit der Schwertscheide in den Händen auf dem Amboß. Die Schmiede und mit ihr der Stall waren verschwunden. Luin graste einsam und friedlich in einem überwucherten Ziergarten, und von Fürst Vertumnus war keine Spur zu sehen.

Die Musik hatte aufgehört. Sturm lief erst nach rechts, dann nach links, dann um den Amboß herum und blickte in jede Richtung, weil er hoffte, das Lied würde wieder einsetzen und ihn zu Vertumnus führen. Doch das ganze Dorf schwieg.

Luin hob den Kopf und wieherte, doch Sturm hörte nichts.

Er blickte nach oben, wo der Wind leise durch die Bäume strich. Die Blätter raschelten unhörbar, und über seinem Kopf zog eine Schar Gänse rasch auf ihrer Wanderung in kühlere Regionen nach Süden, doch ihre Flügelschläge und Schreie waren nicht zu vernehmen.

»Was?« fragte Sturm laut, weil er sich nach einem Geräusch sehnte, und wenn es nur seine eigene Stimme war. Er rief noch einmal und dann ein drittes Mal.

Es war das einzige, was zu hören war, und auch das verlor sich in der tiefen, ablehnenden Stille um ihn her. Dann kam aus der Stille der dumpfe regelmäßige Schlag einer fernen Trommel. Sturm gab sich Mühe, hinzuhorchen und dem Geräusch nachzugehen, aber wohin er sich auch wandte, es war immer gleich schwach, ob bei Luin, am Amboß oder drüben in der Mitte des Dorfs, es klang immer gleich gedämpft.

Erst auf dem Dorfplatz erkannte er, daß es das Pochen seines eigenen Herzens war. Er blieb stehen und zog sein Schwert. In der Stille um sich herum hörte er die Blätter rauschen und einen hohen Wind durch die Zweige seufzen …

Und mit einem Mal wußte er – unabhängig von allen Regeln und Vorschriften –, daß er den grünen Mann nie wiedersehen würde.

Vertumnus lehnte sich in der niedrigen Gabelung des Vallenholzbaums zurück und starrte gebannt in die umwölkte Oberfläche des Waldteichs unter sich. Am Fuß des Baums saß Lady Hollis, daneben ihr Sohn, Jack Derry.

Wieland, der Schmied, hockte mit einem Dutzend weiterer Dorfbewohner ein Stückchen weiter. Seine fleischigen Hände waren mit einem komplizierten Geflecht aus Kupfer- und Silberdraht beschäftigt. Was er da machte, war noch nicht ersichtlich, nicht einmal für die Klügsten im Kreis, aber alle sahen eifrig zu und warteten darauf, was seine Hände Erstaunliches aus dem Metall formen würden.

Sie waren alle von der Druidin hergerufen worden, und während der Morgen den hellen Mittagsstunden wich, warteten sie begierig auf Neuigkeiten vom Herrn der Wildnis. Unter den Dörflern gingen Gerüchte um: Ein Krieg mit Solamnia bahnte sich an, der Herr der Wildnis wäre von einer Bande Silvanesti-Elfen belagert worden, er allein sei in den Norden gezogen, um Rache für ein unbegreifliches Unrecht zu nehmen. Schließlich hatten sie die Musik gehört, die ein kräftiger Wind aus dem Dorf herantrug, und gewußt, daß er in der Nähe war und sich ihnen bald anschließen würde.

Am späten Vormittag hatte die Musik aufgehört. Hauptmann Duir, der am Waldrand Wache stand, hatte als erster gesehen, wie Vertumnus niedergeschlagen und langsam näher kam. Die Blätter in seinen Kleidern und Haaren waren gelb und welk.

Vertumnus hatte kein Wort gesagt, sondern nur abwesend genickt, als Jack Derry ihm das Elfenmädchen Mara vorstellte. Er hatte die tröstenden Worte von Lady Hollis und das Gestichel der Dryaden ignoriert und war auf den Ast geklettert, auf dem er jetzt noch immer in tiefe Meditation versunken saß.

Nach einer Weile hatten die Dorfbewohner den Herrn der Wildnis vergessen und sich wieder ihrer Arbeit zugewandt, dem Sammeln von Schwarzwurzeln und Fingerhut, der Jagd und dem Fischen in dem breiten Bach, der durch den Wald verlief. Mara beobachtete Vertumnus weiterhin und wunderte sich über seine Geistesabwesenheit und sein offensichtliches Unglück. Schließlich fragte sie Lady Hollis, ob er sich mit Sturm getroffen hatte.

Die Druidin nickte, konzentrierte sich aber auf die Zubereitung eines Schafgarbentees, der – wie Mara aus ihren Dienstjahren in Silvanost wußte – Trübsinn heilen konnte. »Doch, das hat er«, erklärte Lady Hollis.

»Dann schließe ich aus dem Verhalten des Herrn der Wildnis«, sagte Mara, »daß der Junge ihm ein Schnippchen geschlagen hat.«

Hollis sah nach oben, wo der Herr der Wildnis mit Besorgnis in den Augen schweigend und reglos dasaß.

»*Ich* schließe aus seinem Verhalten«, erwiderte die Druidin, »daß der Junge sich selbst ein Schnippchen geschlagen hat.«

Erst Stunden später begann Vertumnus zu reden. Inzwischen war es bereits später Nachmittag, und die Lerchen waren schon zur Ruhe gekommen. Rund um die Menschen tollten zänkische Eichhörnchen umher, und man hörte die hohen, gleitenden Geräusche der braunen Tauben, die in den Süden zurückkehrten, um in den Zweigen von Ulme und Ahorn zu nisten.

»Er ist gegangen«, gab Vertumnus bekannt. Sofort blickten zweihundert Augenpaare zu dem Ast des Vallenholzbaums, auf dem er saß. wo die gelben Blätter traurig aus seinem Bart und seiner Tunika fielen. »Zurück zum Vingaard und zweifellos auch zum Turm und zum Rest seines großmäuligen Ordens.«

»Wo du vielleicht selbst hingezogen wärst«, stellte Hollis fest, »ohne das Glück jener Winternacht.«

Vertumnus lächelte sie an. »Und das Entgegenkommen der Truppen, die Fürst Angriffs Schloß belagerten.«

Lächelnd reichte Hollis ihrem blätterbedeckten Mann eine dampfende Tasse Schafgarbentee.

Voller Liebe sah Vertumnus auf Jack Derry hinunter. Er staunte immer noch, wie schnell der Sprößling von ihm und Lady Hollis größer wurde. Schließlich war er erst fünf und bereits ausgewachsen – mit dem Arm eines Kämpfers, dem Auge eines Waldläufers und …

Und Interesse an einer gewissen, seit kurzem vereinsamten Elfenjungfrau.

Vertumnus lächelte, runzelte dann jedoch die Stirn. Es gab noch andere Dinge, um die er sich zu kümmern hatte, und manche davon eilten.

»Soweit ich das sehe«, meinte der Herr der Wildnis, »ist Mara, die Elfe, eine geübte Flötenspielerin und kennt ein paar von den alten Weisen.«

Mara wurde rot, doch Hollis legte ihr beruhigend die Hand auf die Schulter.

»Ich – ich habe allerdings ein paar Melodien gelernt, Herr der Wildnis«, sagte sie, ohne ihre Augen vom laubbedeckten Waldboden zu lösen.

»Schön und gut«, sagte Vertumnus. »Und soweit ich das sehe, haben Liebe und Einfallsreichtum zu ihnen geführt.«

»Ich wurde schlimm getäuscht, als ich sie lernte«, sagte Mara bitter und hob ihr Gesicht zu dem grünen Mann.

»Getäuscht vielleicht«, stimmte er zu, »aber nicht arg. Liebe und Einfallsreichtum überdauern unsere schönsten Träume.«

Mara runzelte die Stirn. Anscheinend war sie aus der Welt der unverständlichen solamnischen Regeln in diese Welt aus Grün und Schatten und Gleichnis geraten. Sie hatte keine Ahnung, was als nächstes passieren würde.

»Was wollt Ihr von mir? Von meinem Spiel?« fragte sie.

»Begleitung«, erwiderte Vertumnus, und aus den Zweigen eines nahe stehenden Ahorns kam ein böses, anschwellendes Zischen. Die Dryaden steckten ihre Köpfe zwischen den Blättern hervor, und ihre kleinen Augen glitzerten vor Zorn.

»Nicht genug«, sagte Diona, »daß du dich mit dieser Druidenhexe einläßt!«

»Jetzt nimmst du auch noch Elfen auf!« beschwerte sich Evanthe. »Zu welchem dunklen Zweck, wissen nur die Götter!«

»Fort mit euch beiden!« lachte Vertumnus, der die Teetasse nach ihnen warf. Er sprang aus dem Vallenholzbaum und landete leichtfüßig auf dem Boden, wobei er einen Taubenschwarm aufschreckte. »Sonst schließe ich euch wieder in die Bäume ein, wo ich euch gefunden habe!«

»Wir sind nicht so leicht zu erschrecken!« spie Evanthe, von der die lauwarmen Reste des Schafgarbentees heruntertropften. »Du hast gezeigt, wie weich du bist, als du den Solamnier töten wolltest und ihn nicht einmal ... nicht einmal ...bezaubert hast!«

»Aber von mir kennt ihr keine Weichheit«, erklärte Hollis mit klaren Worten. Sie verschränkte die Arme und lachte die Dryaden gefährlich an. »Ich habe Dörfer geplündert und Schlösser zerstört. Und ich kann ganz ausgezeichnet bezaubern.«

Die Dryaden schrien auf, als aus dem Ahornzweig, auf dem sie saßen, ein dicker, süßer Saft herausbrach. Sirupverschmiert ergriffen sie die Flucht und sprangen von Ast zu Ast, wobei Blätter und Dreck an ihren klebrigen Kleidern hängenblieben, bis sie in den Tiefen des Waldes verschwunden waren. Ein Sturm von Gelächter begleitete ihre Flucht.

»Hätte ich nur die Magie, die der junge Sturm bräuchte«, sagte Hollis etwas ernster.

»Er konnte wählen, ob du den Dorn in Musik verwandelst, so daß er hinterher selbst verwandelt würde, oder nicht«, sagte Vertumnus. »Statt dessen wollte er, daß du ihn entfernst, damit er bleibt, wie er ist. Er hat das Schwert und den Orden gewählt.«

»Aber die Wunde wird ihm immer bleiben«, beharrte Ragnell. »Auch wenn er sich irgendwann nicht mehr daran erinnern wird, die Wunde wird dennoch bleiben.«

»Schließlich und endlich«, sagte Vertumnus, der seine Flöte herauszog, »konnte und kann der Junge wählen. Aber da ist noch eine Sache übrig, und die fordert meine Hand, meine Zauberkraft ...«

Vertumnus sah grimmig aus, und Jack Derry lachte über die dramatische Mimik seines Vaters.

»Meine Liebe und meinen Einfallsreichtum«, schloß der grüne Mann leise, dessen Augen auf Mara ruhten. »Denn an der Vingaardfurt ist ein Hinterhalt vorbereitet. Ich muß den Jungen in dieser alten Blutfehde beschützen, damit nicht die Taten seines Vaters auf den Schultern des Sohnes lasten. Und dafür brauche ich die Begleitung einer zweiten Flöte, einer zweiten Melodie.«

Mara verbeugte sich nervös. »Es wäre mir eine Ehre, Euch zu helfen, Sir. Und eine Ehre«, fügte sie rasch hinzu, »Sturm Feuerklinge zu helfen.«

Vertumnus lächelte glücklich. Das war die bestmögliche Antwort. Und er erklärte der Elfe kurz das seltsame Duett. Sie sollte ein altes Winterlied der Qualinesti spielen und die stille Musik der zehnten Weise einflechten, der von Mather – eine nachdenkliche Meditationsmusik, denn nur ein entschlossener, zielstrebiger Geist konnte hervorbringen, was der Herr der Wildnis sich ausgedacht hatte.

Er nämlich würde ein Lied von der Eismauer spielen, das die wilden Thanoi sangen, und dahinter würde er die berauschenden, schwierigen Griffe der vierzehnten und höchsten Weise setzen – der Weise des Paladins und der Veränderungen. Und wenn dann vier Melodien von den beiden Flöten und den beiden Spielern aufsteigen würden ...

Dann würde sich etwas ändern, und der Winter würde in die Solamnische Ebene zurückkehren.

Vertumnus lächelte. Er konnte warten.

Kapitel 10

An der Vingaardfurt

Ursprünglich waren sie nur zu dritt gewesen, doch inzwischen waren es elf, die am Ufer des Vingaard um ein Feuer hockten, nachdem die Solamnier ihnen versichert hatten, daß der Junge bald vorbeikommen würde.

Eine Überzahl war immer sicherer. Sturm würde allein sein.

Tivok, der Anführer der Bande, hüllte sich der Kälte der Frühlingsnacht wegen tiefer in seinen Mantel. Die anderen acht mit den blauen Schuppen und den zuckenden Schwänzen hatten sich ihnen ohne Vorwarnung angeschlossen. Er hatte den Mord mit nur zwei angeheuerten Räubern durchführen wollen und hatte sich ursprünglich einen schlauen Plan zurechtgelegt, der dafür sorgen sollte, daß seine Untergebenen das Kämpfen erledigten.

Dann hatten ihn die acht überrascht, die nach einer dreitägigen Reise aus südlicheren Gefilden ins Lager marschiert waren, und plötzlich waren alle Pläne umgeworfen.

Aber so war es eben heutzutage: Es gab mehr von seiner Art – den Drakoniern, die mit Hilfe einer dunklen, namenlosen Macht aus Dracheneiern geschlüpft waren –, mehr, als Tivok sich je hatte vorstellen können, und er hatte Gerede gehört, daß sogar noch größere Horden – dabei Zauberer und Gestaltwandler – aus den Brutstätten in der Eismauer nach Norden wanderten.

Belassen wir es dabei, dachte der Anführer der Assassinen, während er seine lidlosen Augen dem bewölkten Himmel zuwandte. Keiner von ihnen braucht zu wissen, *wieviel Gold* der Solamnier mir gegeben hat. Zehn Schwerter werden die Aufgabe mit Sicherheit erledigen, während zwei … riskanter gewesen wären. Ich bleibe auf diesem Hügel und beobachte die Furt bis zur zehnten Nacht nach dem ersten Frühlingstag, wie es der Solamnier gesagt hat.

Und ich überwache sie. Ja, ich überwache sie.

Und die Beute, wenn der Bursche kommt? Ich behalte meine Hälfte und teile den Rest durch zehn statt durch zwei.

Er lachte in sich hinein angesichts dieser gerissenen Vorgehensweise, und sein Gelächter klang, als würde der Wind über trockene Blätter streichen. Wenn nur diese verfluchte Kälte vorbeigehen würde, wenn nur der Frühling endlich käme, wie es die Sterne und der Kalender verkündeten …

Die Solamnier hatten gesagt, daß das Opfer – wenn es überhaupt kam – innerhalb von zehn Tagen nach der Tag- und Nachtgleiche kommen würde. Er würde eine alte solamnische

Rüstung tragen, die mehr Schmuck als Schutz war. Auf seinem Brustharnisch würden sie ein altes Familienwappen sehen: rotes Schwert vor gelber Sonne.

Der Junge würde müde sein, hatten sie gesagt. Vielleicht niedergeschlagen, auf jeden Fall verwundbar.

Die Assassinen hatten bereits drei unglückliche Reisende getötet, die zumindest teilweise der Beschreibung entsprochen hatten oder zu ihrem Pech einfach allein an die Vingaardfurt gekommen waren. Die Mörder waren hinter einem dicken Wacholderbusch hervorgestürmt und hatten den ersten vom Pferd gezerrt. Da war es wärmer gewesen und die Aufgabe eine leichte.

Er war unauffällig gewesen, dieser erste, dem Tode geweihte Reisende. Ein dünner, zahnlückiger Junge aus dem Südosten, der seine letzten Worte auf lemisch sagte, bevor die Schwerter mit den Sägezähnen in seinen Leib eindrangen.

Der zweite war älter gewesen, auch wenn seine Haltung und seine Bewegungen von weitem frisch und kräftig und richtig jung gewirkt hatten. Tivok hatte den vieren, die oben am Fluß an dem frischen Damm warteten, ein Zeichen gegeben, falls der Wanderer dem ersten Hinterhalt wider Erwarten doch entkommen würde.

Die sechs übrigen Söldner mußten sich sehr anstrengen, um den alten Schurken zu überwältigen, der sich bis zuletzt heftig wehrte und dabei zwei von ihnen verletzte. Tivok stellte die Verwundeten am Damm auf und ersetzte sie durch ausgeruhte Kämpfer.

Von seinem Aussichtspunkt konnte Tivok nicht erkennen, daß der dritte Reisende eine Frau war, besonders da sie angesichts der rasch fallenden Temperaturen dick eingepackt war. Auch sie hatte tapfer gekämpft und war vom Wetter begünstigt gewesen. Einer der Assassinen war sogar einem kräftigen Stoß ihres Schwerts zum Opfer gefallen, doch als er zu Stein wurde, wie das bei seiner Art so war, blieb die Klinge in ihm stecken, und ihr fester Griff um die Waffe riß sie vom Pferd.

Die anderen fünf hatten sie wie riesige Aasfliegen mit dunklen, zuckenden Flügeln umschwirrt.

»Wie lange sollen wir noch bei solchem Wetter unsere Zeit verschwenden?« fragte einer von ihnen Tivok, als sie den Körper des Mädchens in einem flachen Grab am Flußufer begruben.

»Noch eine Zeitlang«, zischte Tivok, der die Kapuze zurückschlug, um seine abfallende Stirn mit dem Zackenkamm und den kupferroten Schuppen zu zeigen. »Noch eine Zeitlang.« Er legte seine Schulter an ihren toten Kameraden und stieß die große Steinfigur um, damit der tote Assassine für alle, die sich näherten, wie ein Findling oder eine unschuldige, braune Felsnase aussehen würde.

»Nimm es als ... Übung, Nashif«, schlug Tivok mit unterschwelliger Warnung in der Stimme dem Fragesteller vor. »Nimm es als Manöver.«

Nashif konnte dem nichts entgegensetzen. Schweigend schlüpften die fünf Assassinen in die Schatten zwischen den immergrünen Bäumen. Zwei von ihnen blieben kurz stehen, um ihre Klingen abzulecken.

Sturm war knapp zwei Meilen vor der Furt, als sie das Mädchen begruben. Er ritt die ausgeruhte, aber merkwürdig unruhige Luin und hatte sich gegen den überraschend zurückgekehrten Winter tief in seinen Mantel gehüllt.

Er war bereits dabei, seine letzte Begegnung mit dem Herrn der Wildnis zu vergessen.

Er hatte sich nicht mehr lange in Dun Ringberg aufgehalten. Zwar war er noch einmal durch die überwucherten Ruinen gelaufen und hatte sich nach Spuren von Ragnell, Mara, Jack Derry oder Vertumnus selbst umgesehen, doch der Ort war menschenleer und das Dickicht so dicht, daß er hätte schwören können, das Dorf wäre schon siebzig Jahre verlassen, nicht erst sieben Tage.

Daß er Mara verloren hatte, machte ihm am meisten zu schaffen. Irgendwie schien es gegen den Maßstab zu sein, sie zurückzulassen, ohne zu wissen, was mit ihr geschehen war. Und doch hatte er in seinen seltsamen, heilenden Träumen geglaubt, er hätte ihr Gesicht gesehen. Hatte sie sich nicht während seiner fiebrigen, wachen Momente zwischen den Dorfbewohnern aufgehalten?

Irgend etwas sagte ihm, daß Mara sicher war, daß für sie gesorgt wurde, obwohl er sich fragte, ob er dieses Gefühl auch gehabt hätte, wäre er nicht müde und auf den Aufbruch versessen gewesen.

Am Nachmittag gab er auf. Nachdem er Luin gesattelt hatte, ritt er vom Dorf aus auf die Ebene von Lemisch. Am Spätnachmittag überquerte er den südöstlichen Arm des Vingaard genau an dem Punkt, wo ihm, Jack und Mara die Banditen aufgelauert hatten. Als er am jenseitigen Ufer aus dem Wasser stieg, fühlte er sich unbeschwert, als wäre ihm etwas geheimnisvoll Forderndes abgenommen worden.

Er schlief unruhig an einer Stelle, wo er den Fluß noch hören konnte, und träumte von Bonifaz und Schnee und Messern.

Früh am nächsten Morgen ritt er wieder nach Nordwesten, geführt von seiner Erinnerung. Es hatte wenig Sinn, sich nach den Planeten zu richten, denn während er im Finsterwald gewesen war, hatte sich der Himmel verändert. Chislev, Sirion und Reorx waren an ihre alten Plätze zurückgekehrt, und wenn man sich nicht nach dem Kalender, sondern nach den Planeten gerichtet hätte, hätte man meinen müssen, es wäre noch Winter.

Das Wetter war auch wirklich kühl geworden, und nach dem frühlingshaften Tag, an dem Sturm seine Heimreise begonnen hatte, fiel am nächsten Abend bereits Eisregen. An einem kleinen Eichen- und Erlenwäldchen machte er halt. Diesmal baute er sich geschickt einen groben Unterstand, wobei er im stillen dem Elfenmädchen Mara dankte.

Gegen Mittag des dritten Tages erreichte Sturm Feuerklinge den nördlichsten Arm des Vingaard. Die Kälte war über Nacht von Osten herangeweht, und als er erwachte, lag ein Hauch Reif auf den Eichenblättern, und er konnte seinen Atem in der Luft sehen. Ein zweistündiger Ritt brachte ihn an die berühmte Furt, wo kalter Nebel über dem Flußufer hing. Burg Vingaard im Norden war hinter dem eisigen, lastenden Dunst nicht zu sehen.

Sturm zügelte sein Pferd neben einem großen, braunen Findling und richtete sich im Sattel auf. Fröstelnd rieb er sich die Hände. Für das zeitige Frühjahr, in dem der Fluß normalerweise anschwoll und über die Ufer trat, war das Wasser unnatürlich flach. Das schien ein Glücksfall zu sein. Wenn er leicht hinüberkam und dann einen scharfen Ritt über die Solamnische Ebene unternahm, konnte er heute abend in halbwegs sicherem Gelände lagern, vielleicht sogar im Verkhus-Hügelland, und bis morgen mittag am Turm sein.

Dann würde das Erklären losgehen, dann würde er Gunthar, Alfred und Stephan Rede und Antwort stehen müssen.

Und die Begegnung mit Bonifaz. Darauf sollte er sich gefaßt machen. Darauf und auf Gift oder ein Messer in der Nacht.

Zornig zog er seine Kapuze vom Kopf. Warum Bonifaz ihm nachstellte, war ihm immer noch ein Rätsel. Zweifelsohne wegen etwas, das sein Vater getan hatte, aber was er als Sohn damit zu tun hatte, ging über seinen grünen Verstand. Doch der Orden war seine Familie und der Turm sein Zuhause, trotz der Gefahren, die damit verbunden waren. Er würde leise zurückkehren, und wenn die Zeit reif war …

Dann würde er die Schlangen im Garten entlarven. Er würde seinen Vater rächen.

Dennoch wünschte er, er wäre im Finsterwald geblieben. Sein Wunsch verstärkte sich, als aus dem Nebel vor ihm fünf gedrungene, abgerissene Gestalten mit erhobenen Schwertern und heftig peitschenden Schwänzen langsam näher kamen.

Er hatte noch nie Drakonier gesehen. Er hatte auch noch nie von ihnen gehört, außer in einer Kendergeschichte, die er jedoch als Unfug abgetan hatte. Jetzt aber erkannte er auf einen Blick ihre Wahrheit, und er zog das Schwert aus der neuen Scheide.

Als er das tat, begann es zu schneien. Leichte Flocken betupften Luins stämmige rote Schulter und die bloße Klinge seiner Waffe. Einen Augenblick lang vermeinte Sturm, eine ferne fröhliche, wilde Musik zu hören, doch er verdrängte sie sofort.

Die Drakonier kamen langsam näher und hoben ihre gezackten Schwerter, obwohl sie noch gute zwanzig Schritt entfernt waren. Sturm gab ihnen noch einen kurzen solamnischen Gruß, worauf drei von ihnen ganz stehenblieben. Wie Raben scharten sie sich geduckt zusammen und begannen, miteinander zu flüstern und aufgeregt ihre Waffen zu schwenken.

Auf der Stelle spornte Sturm Luin an. Mit blitzendem, hocherhobenem Schwert und dem alten Ruf der Solamnier auf den Lippen – *»Est Solaris oth Mithas!«* – ritt er auf die beiden vordersten Drakonier zu.

Er war über ihnen, bevor sie ihre Schilde heben konnten, und sein Schwert krachte dem einen in den Schädel. Mit blitzschneller Wendung im Sattel ließ Sturm die Klinge auf den nächsten heruntersausen und lenkte Luin noch im selben Moment auf die anderen drei zu, die sich kreischend, aber träge auf den flachen Fluß zu bewegten.

Es sah aus, als würden sie bereits bis zum Bauch im Wasser waten. Sturm ritt dazwischen und wendete Luin abrupt am Ufer des Vingaard. Mit dramatisch erhobenem Schwert stellte er sie mit einem neuerlichen, lauten und durchdringenden Ruf.

Entsetzt ließen die Drakonier ihre Waffen fallen und stapften in verschiedene Richtungen davon. Ihre rauhen Schreie verloren sich in der Musik und im aufkommenden Wind.

Während er sich im Sattel weit nach vorne beugte, sah Sturm, wie sie sich trennten. Es wäre ein leichtes gewesen, ihnen zu folgen und jeden einzelnen zur Strecke zu bringen. Aber in seiner Erinnerung stieg die Vision auf, die Ragnell ihm in jener Nacht im Haupthaus von Dun Ringberg gezeigt hatte – das winterliche Land Trot, der Überfall auf das Goblindorf, die grausamen Schwerter über den armseligen, spuckenden Kreaturen.

»Nein«, flüsterte er. Vielleicht würde eine Zeit kommen, wo man ihnen nachjagen mußte, aber nicht jetzt. Und nicht er. Er sah ihnen nach, bis sie hinter Felsen, Büschen und Brombeerranken verschwunden waren. Dann machte er sich daran, die Furt zu überqueren.

Das Wasser umfloß ihn langsam und leckte nur zahm an den Flanken seiner Stute. Hinter dem gleichmäßigen Fließen des Flusses glaubte Sturm wieder die Musik zu hören. Er erinnerte sich an den Klang von Maras Flöte, und etwas tief in seiner Erinnerung und seiner Vorstellung verriet ihm, daß sie in Sicherheit war.

Von seinem Beobachtungsposten auf dem Hügel über dem Westufer des Vingaard sah Tivok, wie der Junge sein Pferd in das flache Wasser lenkte. Der Drakonier zog seinen Mantel gegen den eisigen Ostwind fester um sich und winkte seinen Kumpanen zu, die flußaufwärts lagerten. Das war die zweite Schwadron. Die vier – kleine Baazdrakonier, die an dem selbstgebauten Damm postiert waren – würden ihn sehen. Sie würden die Steine und Äste auseinanderziehen, bis das plötzlich befreite Wasser schnell und machtvoll nach Süden rauschen und am Flußufer anschwellen würde. Wenn sie den richtigen Zeitpunkt trafen, würde die Flutwelle die Furt erreichen, wenn der Reiter mitten im Fluß war.

Tivok lachte. Wir wollen doch sehen, wie dieses Bürschchen mit einem Pferd umgeht.

Er war überzeugt, daß es diesmal der Richtige war. Er hatte den Ruf der Solamnier in der kalten Luft gehört und das erhobene Schwert wie einen heißen Blitz am fernen Himmel durch die Luft sausen sehen.

Er würde Nashif bestrafen, weil er ihn durchgelassen hatte.

Tivok gab das Signal sicherheitshalber noch einmal und leckte dann sein Schwert an, um die Klinge zu vergiften.

Jetzt fiel der Schnee in dichten Flocken, und stromaufwärts war das Ufer von einem dünnen Eisfilm überzogen.

Hawod, Hauptmann Tivoks Stellvertreter, setzte sich unbequem auf einem Haufen Holz und Steine um. Es war furchtbar ermüdend, auf das Zeichen ihres Anführers von dem kleinen Hügel zu warten. Gab es nicht ein altes Sprichwort über den Topf, den man ansieht?

Er hatte Kopfschmerzen und war schläfrig. Drakonier waren nicht für diese Jahreszeit und so ein Wetter geschaffen, denn ihr kaltes Blut lullte sie ein, wenn es kälter wurde. Eine von den Verwundeten hatte er bereits geweckt, indem er sie mit seinem Schwert angestoßen hatte. Er hatte ihr eine harte Strafe angedroht, falls sie wieder einschlafen sollte.

Unter ihrer schwarzen Kapuze hatte sie ihn böse angestarrt. Er sehnte sich nach dem Sommer.

Er schüttelte den Kopf, um den Schmerz zu vertreiben. Der Hügel war immer schlechter zu erkennen, als der Schnee dichter fiel, und zweimal hatte er zu seinem Entsetzen kurz gar nichts mehr gesehen. Da hatte er überlegt, ob er einfach handeln und den Damm öffnen sollte, damit das Wasser losrauschte, aus der verzweifelten Hoffnung heraus, daß er Tivoks Signal auf dem Hügel übersehen haben könnte.

Das war dumm, er wußte es. Also hatte er es nicht getan.

Schlecht gelaunt blieb er sitzen, bis sich aus dem blendenden Weiß wieder die Umrisse des Hügels herausschälten und seine Panik einer nagenden Unruhe wich.

Wenn das der solamnische Frühling war, überlegte Hawod mit trägen, schwerfälligen Gedanken, dann würde er nur höchst ungern ...

Der Gedanke blieb unvollendet in der eisigen Luft hängen. Der Drakonier döste ein, und mit dem Schnee wurde auch sein Schlaf tiefer, als er seinen drei Gefährten in den traumlosen Winterschlaf der Reptilien folgte.

Tivok schäumte, als der Reiter das andere Ufer erreichte.

Zischend stürmte er den Hügel hinunter, rutschte auf knöcheltiefem, frischem Schnee hinab, bis sich sein Umhang aufblähte wie das Segel eines mürben Eisbrechers.

Sie hatten alle versagt – Nashif mit seinem Hinterhalt, Hawod und die anderen flußaufwärts am Damm. Er hatte so etwas befürchtet, aber noch mehr befürchtete er den Verlust des solamnischen Golds.

Er rutschte aus, fiel hin und stand leise fluchend wieder auf. Das Schwert glitt ihm aus der Hand und rutschte durch den weißen Schnee, wobei es eine dicke grüne Spur hinter sich zog. Am Fuß des Hügels blieb es stecken. Die Klinge mit den Sägezähnen glitzerte, nachdem der schmelzende Schnee sie reingewaschen hatte.

Überhaupt, dachte Tivok, als er die Waffe aufhob, hatte er eigene Pläne auf dieser Seite des Flusses. In Gedanken bei dem bevorstehenden Kampf, steckte er die Klinge geistesabwesend weg und sprang ans Westufer der Furt.

Luin erschauerte, als der Wind ihre nassen Flanken traf. Sturm stieg schnell ab und zog eine Decke vom Sattel, um die Stute so gut wie möglich abzutrocknen.

Die Überquerung der Furt war beinahe verdächtig einfach gewesen. Mitten im Fluß hatte die Musik nachgelassen, doch sein Pferd war gemächlich und stetig von Osten nach Westen gezogen. Obwohl der Wetterumschwung einen unangenehmen Ritt versprach, hatte Sturm den längsten Teil der Reise jetzt hinter sich, und ihn erwarteten keine Gefahren mehr außer der letzten und tödlichsten – der Begegnung mit Bonifaz im Turm.

Wieder dachte der Junge über die letzten vierzehn Tage nach, trennte Beweis von Gerücht und Tatsache von Hörensagen. Er wäre ein leichtes Ziel gewesen, als er gedankenverloren und beschäftigt neben seinem Pferd kniete, wenn Tivok nicht aus dem Wasser gekommen wäre. Seine Schritte brachen laut durch eine dicke Eisscholle.

Sturm sprang sofort auf. Er zog seine Waffe und fuhr herum, um sich dem großen Drakonier zu stellen. Mit drohendem Zischen zog Tivok sein Schwert und ließ es hinuntersausen. Sturm erhob seine Waffe, um den Schlag abzufangen, und bekam den Aufprall bis hinauf in Arme und Schultern zu spüren.

Der Drakonier war stärker als er. Schlag um Schlag war er ihm nicht gewachsen.

Sturm wich eilig vor Tivok zurück, indem er vor einem wirbelnden Schlag der Klinge mit den Sägezähnen zur Seite sprang. Mit überraschtem Schnauben trottete Luin zum Fluß hinunter und überließ die zwei Kämpfenden sich selbst. Während er sein Schwert gerade ausgestreckt vor sich hielt, umkreiste Sturm den Drakonier geduckt und sprungbereit.

Tivok jedoch war weder ein ungeschulter noch ein unerfahrener Kämpfer. Er wartete ab, folgte unablässig dem kreisenden Jungen, und als es soweit war, kam sein Angriff plötzlich, gezielt und fast tödlich. Sturm stolperte vor dem unerwartet schnellen Vorstürmen und dem Stoß zur Seite, fing einen Schlag ab, lenkte einen zweiten ab und schlidderte über den vereisten Boden, bis er außer Reichweite des Schwerts war. Nur die Schnelligkeit seiner Jugend und die winterliche Trägheit seines Gegners retteten ihn vor dem Tod durch die Sägezähne.

Trotz allem aber hatte der Drakonier ihn verwundet.

Sturm stand unsicher auf und hielt sich das Bein.

Tivok trat zurück. Verächtlich lehnte er sich auf sein Schwert.

»Das sollte reichen, Solamnier«, meinte er.

Sturm sagte nichts, sondern rüstete sich für einen zweiten Angriff.

»Die Klinge war nämlich vergiftet, wie es bei uns üblich ist, egal, wie unehrenhaft dein Orden das findet.«

»Was hat denn mein Orden damit zu tun?« fragte Sturm wütend und hob sein Schwert.

»Sein Geld hat das Gift bezahlt«, gab Tivok mit trockenem Lachen zurück. Höhnisch hob auch er sein Schwert und drehte es langsam.

»W–was soll das heißen?« fragte Sturm. Sein Bein pochte, und er wankte.

»Solamnisches Geld hat mich und meine Kameraden bezahlt«, erklärte Tivok mit langsamer, freundlicher Stimme, als würde er einem kleinen, etwas dummen Kind etwas beibringen. »Der beste Schwertkämpfer deines Ordens hat mir Gold geboten und mir befohlen, hier auf deine Rückkehr zu warten.«

»Bonifaz?« fragte Sturm, obwohl er die Antwort bereits kannte. Der Drakonier begann, ihn zu umkreisen. Seine schwarze Zunge fuhr hin und her.

»Reg dich nicht auf«, spottete Tivok, der das Schwert von einer Hand in die andere nahm. »Gift verteilt sich schneller in heißem Blut.« Lachend machte er einen vorsichtigen Schritt auf den Jungen zu. »Aber es war wirklich Bonifaz«, flüsterte er melodramatisch, während seine Augen vor böser Belustigung funkelten. »Nannte sich Tückjäger – als ob wir nicht von dem großen Schwertkämpfer der Solamnier gehört hätten. Als ob wir nicht gehört hätten, wie er mit seinem Knappen redete, als sie zum Vingaard kamen. Allerdings Bonifaz, und er wird mir noch mehr Gold für deinen Kopf geben, den ich mir hole, wenn das Gift mit dir fertig ist.«

Der Drakonier kam zuversichtlich auf Sturm zu. Sein Atem schlug sich auf den Sägezähnen seines Schwerts nieder.

»Wenn ich vergiftet bin, was habe ich dann noch zu verlieren?« meinte Sturm kalt. Es war ein tollkühner, seltsam befreiender Gedanke.

Tivok zuckte ironisch mit den Achseln. Dann brach überall um sie Musik aus.

Es war ein kriegerisches Flötenspiel, eine alte solamnische Totenklage, die laut und schrill erklang. Tivok zuckte einen Augenblick erschrocken zusammen, doch bevor er wieder zu sich kam, war Sturm bei ihm und sang so laut wie an jenem eisigen Morgen im Hof des Turms:

»Laß seinen letzten Atemzug
Ganz sanft in der Luft sich wiegen,
Laß über Rabenträumen ihn fliegen,
Wo Tod bringt nur des Falken Flug.
Dann steig er auf zu Humas Schild
Am Himmel, ungeteilt und wild ...«

Tivok stolperte rückwärts. Sein Schwanz peitschte wild auf den vereisten Schlamm. Die zwei Schwerter, das solamnische Erbstück und der Drakoniersäbel mit den Sägezähnen, verkanteten sich sofort. Sturm tauchte geschwind darunter, rollte dem Drakonier durch die Beine und sprang auf der anderen Seite wieder auf, wo er spielerisch mit der flachen Klinge auf den Schwanz seines Gegners klopfte.

»Hier hinter Euch, Eure Froschheit«, spottete Sturm. Er wirbelte herum und ließ sein Schwert in einem blitzschnellen Bogen herunterzischen, so daß der Drakonier all seine Schnelligkeit brauchte, um den vernichtenden Schlag abzufangen.

Tivok taumelte zurück, denn der Junge vor ihm war nur noch Schwert und Bewegung und Idee. Wo Tivoks Schwert auch hinging, Sturm parierte, als würde die Waffe selbst Bewegung und Absicht erahnen. Sturm tänzelte knapp außer Reichweite herum und sauste wie ein Kolibri immer wieder vor, um mit seiner langen Klinge blitzartig zuzustechen.

Er schien sich verdoppelt zu haben, so tapfer schlug er sich am Ufer des Vingaard.

Langsam bekam es der Drakonier mit der Angst zu tun. Mit dem Gift mußte etwas schiefgegangen sein, denn der Mensch hätte inzwischen gelähmt und hilflos sein müssen.

Hektisch sah sich Tivok um, hielt nach einer Erhöhung, Verstärkung, nach Fluchtwegen Ausschau. Seine Augen gingen immer wieder zu dem Schwert, das blitzschnell auf seine Kehle, seine Brust, sein Gesicht zustieß. Sturm tanzte und sang beim Kämpfen, und der Wind ließ die Luft über das Metall pfeifen. In der Ferne war schwach ein Flötenspiel zu erahnen.

Der Drakonier riß sich zusammen und sprang verzweifelt auf den Jungen zu. Während er durch die Luft setzte, drehte er sich ungeschickt um und schwenkte wirkungslos sein Schwert, als Sturm beiseite trat ...

Und dem Drakonier sein Schwert ins Genick schlug.

Im nächsten Moment war alles vorbei. Obwohl der letzte Schrei von Tivok dem Drakonier zu seinen schlummernden Kumpanen hochgetragen wurde, kam ihm keiner zur Hilfe, um seinen Tod an dem Jungen zu rächen, der sich in den Sattel schwang und klug genug war, nicht auf weiteren Ärger zu warten, sondern lieber seine kleine Stute über die weite, menschenleere Ebene nach Westen jagte.

Oben auf dem Damm regte sich Hawod bei dem fernen Lärm, um dann um so tiefer einzuschlafen.

Kapitel 11

Immer am ersten Frühlingstag

Vertumnus setzte seine Flöte ab und seufzte. Unten saßen die vom Lied gebannten Dorfbewohner mit erhobenen Gesichtern. Sie hatten nicht gesehen, was ihm der Teich auf der Lichtung gezeigt hatte – das Spiegelbild von Sturms Überquerung des Vingaard und den Kampf, der am Westufer stattgefunden hatte.

Jack räusperte sich.

»Der Junge hat nicht allzuviel von deinem hohen Freund geerbt«, stellte er mit einem Blick auf den Herrn der Wildnis spöttisch fest.

»Du hättest viel von ihm lernen können, Jack«, mahnte Vertumnus. »Der größte Teil der Welt da draußen ist wie er.«

»Wir wünschten, die Echse hätte ihn gefressen!« zischte Diona.

»Tun wir *nicht*!« schimpfte Evanthe, die ihre Schwester an den Haaren zog, bis die kleinere Dryade vor Wut und Schmerz quiekte. Wie Eichhörnchen rangen sie auf einem hohen Ast miteinander, hörten jedoch plötzlich auf, als Evanthe gefährlich von einem Zweig baumelte.

»Aber warum, Fürst Vertumnus?« fragten sie wie eine. »Warum hat das Echsengift versagt?«

»Vom Schnee unserer Musik abgewaschen«, erklärte Vertumnus. »Und ihr beiden hört auf zu balgen!« Er zeigte mit der Flöte auf die Dryaden. Augenblicklich schossen rundherum Zweige aus dem Vallenholzbaum, die sie in einen Holzkäfig einsperrten.

Der grüne Mann blickte in den Teich, in dem ziellos Blätter trieben. Das Wasser kräuselte sich und war leicht aufgewühlt. Am Waldrand zeigten ferne Vogelstimmen die Rückkehr des Frühlings an, und durch die Zweige ging ein warmer Westwind.

»Er ist schon irgendwie edel«, stellte Jack nach einer langen Pause fest, während der die Dorfbewohner sich wieder ihren verschiedenen Tätigkeiten auf der Lichtung zuwendeten, weil sie meinten, daß Musik und Drama vorüber waren und das Folgende nur noch Vater und Sohn anging. »Ehrenhaft und mutig und nicht allzu langweilig. Sein Schwert und seine Ehre zeichnen ihn aus.«

»Mehr will er nicht wissen«, meinte Vertumnus. »Und der Mangel an Wissen kann ihn leicht das Leben kosten.« Als er die Flöte zur Seite legte, füllte sich die Lichtung wieder mit Musik.

Rasch wandten sich die Leute zwischen den Bäumen der Quelle der Musik zu. Auf der anderen Seite des Teichs stand das Elfenmädchen Mara in einem weißen Kleid aus Gaze und

Blättern. Ein Stechpalmenkranz saß in den Flechten ihrer dunklen Haare, und ihre Augen waren mit sanften Beerenfarben geschminkt.

Hollis stand hinter ihr und freute sich über ihr Werk und darüber, wie Jack Derry Mund und Augen aufsperrte, als er das Mädchen sah.

Mara hielt die Flöte an den Lippen und spielte weiter die getragene Hymne an Branchala, für die nur die Elfen Worte haben. Die Menschen aus dem Dorf hörten auf zu arbeiten, denn sie merkten, daß etwas Wunderbares geschah, etwas, das sie nicht verstanden. Umringt von Kindern drehte sich Wieland, der Schmied, zu dem Elfenmädchen um und zog ehrfürchtig seinen Hut.

»Gans!« zischte Diona wütend, aber ein vernichtender Blick von Vertumnus brachte sie zum Schweigen. Jack stand auf und kletterte hingerissen den Baum hinunter, ohne das hinreißende Schauspiel von Mädchen und Musik aus den Augen zu lassen.

Vertumnus drehte sich um, um seinen Sohn und das Mädchen mit diesem Augenblick allein zu lassen.

»Das Erste im Frühling ist immer die Begegnung«, flüsterte er wissend.

Rund um Sturm war die Nacht hereingebrochen, und die Sterne nahmen ihre Winterplätze ein. Zum ersten Mal fiel ihm auf, daß vielleicht wirklich die Tage zurückgestellt waren, daß das Jahr wieder in Eis versunken war, um die Ankunft des Frühlings zu erwarten.

Einen Augenblick lang kehrten seine Gedanken in den Südlichen Finsterwald zurück. Wenn der Frühling verschoben war, war vielleicht noch Zeit, sein Pferd zu wenden, den Weg zurückzureiten …

Aber mittlerweile war er mitten in Solamnia, nur noch knappe drei Stunden vom Turm des Oberklerikers entfernt. Es war seine Wahl gewesen zurückzukehren, und genau das würde er jetzt tun, unabhängig von jedem Urteil und von der Bedrohung durch Fürst Bonifaz. Es war ehrenhaft, diese Sache durchzustehen und um der Gerechtigkeit willen das Mißfallen der Fürsten Gunthar, Alfred und Stephan in Kauf zu nehmen. Auch um der Rache willen.

Sicher würden die Ritter ein offenes Ohr dafür haben, Fürst Bonifaz' Untaten neu aufzurollen. Denn Gerechtigkeit war das Herz des Maßstabs und die Seele der Rose.

Er ritt weiter in die nächtlichen Berge, bis hoch im Westen wie ein letztes Sternbild die schwachen Lichter der Posten auf den Zinnen des Rittersporn zu erkennen waren.

Sie zogen ihn um, gaben ihm zu essen und steckten ihn ins Bett. Am frühen Morgen hatte der alte Reza in den Quartieren der Ritter Dienst, und er war es, der sich um Sturm kümmerte, ihm Brot und Käse auf den Tisch stellte und immer wieder Wasser in seinen Kelch nachschenkte, während er den wenig interessierten Sturm unablässig mit dem neuesten Klatsch überschüttete.

»Und die Jeoffreys haben sich wieder mit den Merkenins überworfen, junger Herr, wenn auch nicht so schlimm wie damals im Sommer siebenundzwanzig. Es ging damit los, daß der kleine Hieronymus Jeoffrey nach irgendeiner Jagd im Hartwald auf Alastor Merkenin losging. Hieronymus kam mit einem blauen Auge und etwas lädiert davon, woraufhin Darien Jeoffrey beschloß, daß Sir Alastor einen ... hm, anderen Schmuck verdient hat. Also gehen Darien und drei jüngere Jeoffreys in einem dunklen Gang über dem Rittersporn auf Alastor los, und der hat anschließend nicht nur ein blaues Auge, sondern obendrein noch die linke Hand gebrochen. Worauf Fürst Alfred Darien am nächsten Morgen an eine

Schießscharte drängt und die freie Hand des Jungen etwas zu fest drückt, wenn Ihr versteht ...«

Sturm nickte, Reza fuhr fröhlich fort, und weil die Geschichte so aufregend war, vergaß er seine Stellung und setzte sich zu dem jungen Mann.

»Aber bei dieser Sache, Meister Sturm, trug Sir Darien zusätzlich noch eine Rippenquetschung davon, so daß Fürst Adamant losrennt und herumposaunt, daß Fürst Alfred noch keine hat, aber dringend eine braucht. Und so standen Fürst Alfred und Fürst Adamant kurz vor einem Duell und hätten bestimmt noch zu Schwert und Lanze gegriffen, wenn Fürst Stephan nicht dazwischengegangen wäre und die Streithähne besänftigt hätte ...«

Sturm nickte und kaute weiter, denn er hatte den Mund voll Brot. Im Turm war alles beim alten.

»Und Fürst Bonifaz sagt natürlich wie immer«, schwatzte Reza unbeschwert weiter, »daß sie es trotzdem mit dem Schwert beilegen sollen, obwohl sie – ganz unter uns, junger Herr – es doch leicht beilegen könnten, wenn nur einer von ihnen wüßte, wie man die Vergangenheit ruhen läßt, und sich dem zuwendet, was die eigentliche Aufgabe der Ritter ist. Jedenfalls sagt Fürst Bonifaz, sie könnten zwar Turnierwaffen nehmen, stumpfe Schwerter oder Weidenlanzen, aber der Maßstab würde sagen, und so und so ...«

Bei der Erwähnung des alten Freundes seines Vaters war Sturm sofort hellwach. Langsam setzte er den Kelch ab und starrte den alten Diener an. Er gab sich größte Mühe, ruhig und nur mäßig interessiert zu erscheinen.

»Fürst Bonifaz, sagst du? Dann ist er ... hier im Turm?«

Reza nickte. »Nehmt noch etwas Käse, Meister Sturm«, bot er an, wobei er dem Jungen den Teller hinschob. »Ja, allerdings, Fürst Bonifaz ist hier.«

»Dann muß ich ihn begrüßen – aus alter Freundschaft«, erwiderte Sturm (etwas zu schnell, wie er fürchtete). »Ja. Ich werde ihn aufsuchen und ihn begrüßen.«

Er lächelte dem alten Diener zu und nahm noch eine Ecke Käse. In Gedanken ging er rasch verschiedene Strategien durch.

»Er erwartet sicher, daß Ihr gleich zu ihm geht«, drängte Reza. »Ihr wißt doch, wie er mit dem Maßstab ist.«

»Allerdings«, sagte Sturm, der dankbar war, daß alte Bedienstete sich so gern einmischten. »Allerdings, Reza, und angesichts der späten Stunde und meiner Müdigkeit wäre ich dir sehr verbunden, wenn du nichts von meiner Ankunft erwähnst, bis ich ihm ... angemessen begegnen kann.«

Reza nickte, verbeugte sich und zog sich rückwärts zurück. Sturm aß das Brot auf. Der alte Mann war vertrauenswürdig. Dann stand er leise auf, gähnte, nahm die Kerze vom Tisch und schlich über eine Hintertreppe zu seiner Kammer hinunter. Er war todmüde und schon halb im Traum, als er sein Zimmer erreichte, so daß er weder die späte Stunde noch das Vogelgezwitscher draußen noch das leise Scharren auf der Treppe hinter sich wahrnahm.

Als Sturm hinter sich die Tür schloß, tauchte auf dem Treppenabsatz ein schwaches Licht auf. Verstohlen blickte Derek Kronenhüter um die Ecke, lächelte und stieg dann zu den Gemächern seines Onkels hoch.

Sturm gab seine Ankunft am nächsten Morgen bekannt.

Im Gang hielt er einen Pagen am Kragen fest und ließ den Jungen zu Fürst Alfred Merkenin rennen, um ihm zu sagen, daß Meister Sturm Blitzklinge aus dem Südosten zurück sei und sich geehrt fühlen würde, wenn er vor dem Hoherat von seiner Reise berichten dürfte.

Als der Page mittags zurückkam, um ihn in den Ratssaal des Rittersporn zu begleiten, folgte Sturm dem Kind mit makelloser, polierter Rüstung und blitzendem, bloßem Schwert in der

Hand. Einen verrückten Moment lang hatte er überlegt, ob er die Waffe in die Scheide stecken sollte, die er von Fürst Vertumnus bekommen hatte.

Er hatte sich dagegen entschieden. Sie war eine strahlende Erinnerung an seine Niederlage.

Sturm wußte, daß sich der Hoherat aus den Fürsten Gunthar, Alfred und Stephan zusammensetzte. Da der Rat jeden zurückkehrenden Ritter allein begrüßte, würde Bonifaz nicht dabeisein. Für das, was Sturm zu sagen hatte, würde seine Abwesenheit höchst willkommen sein.

Der Ratssaal war nichts anderes als der große Saal, in dem das Julbankett stattgefunden hatte. Ohne den Schmuck wirkte er dunkel und zweckmäßig, eher ein Arbeitszimmer als ein Ort von Zeremonien. Hier war nicht Eleganz, sondern Tüchtigkeit zu Hause.

Seine erste Überraschung war eine böse. Alfred war da und Fürst Gunthar, doch anstelle von Fürst Stephan Peres saß Bonifaz Kronenhüter von Nebelhafen auf dem dritten Ratssitz. Als Sturm den Raum betrat, lehnte sich Bonifaz nach vorn. Sein Gesicht war ausdruckslos, doch seine Augen waren so kalt und konzentriert wie die eines Bogenschützen vor dem Ziel.

Sturm war bei den drei vorgeschriebenen Verbeugungen abgelenkt, und bei der dritten der sechs förmlichen Anreden stolperte er über das Wort »untadelig« und wurde knallrot.

So ein Ausrutscher entsprach nicht dem Maßstab. Er hatte zu lange kein Ritual mehr befolgt, und außerdem war Bonifaz dabei ...

»Du nimmst dir einiges heraus, Sturm Feuerklinge«, stellte Alfred fest, »daß du um eine Audienz vor diesem Rat bittest. Schließlich gehörst du noch nicht dem Orden an.«

»Wohl wahr, Fürst Alfred«, gab Sturm zu. Es fiel ihm schwer, Bonifaz nicht anzusehen. »Doch als mich der Herr der Wildnis in der Julnacht forderte und ich beschloß, die Forderung anzunehmen, geschah das auf das Drängen des Ordens und mit seinem Segen. Ich hielt es für … angebracht …, daß ich dann auch seinem Urteil unterliege.«

»Was du für ›angebracht‹ hältst, Sturm Feuerklinge, entspricht nicht unbedingt dem Maßstab«, bemerkte Bonifaz mit trockener, kalter Stimme. Er lehnte sich zurück und faltete die Hände elegant vor der Brust. »Aber wir vom Rat würden gern hören, was auf deiner Reise in den Südlichen Finsterwald geschehen ist. Und angesichts der ungewöhnlichen Umstände in diesem Fall wird der Rat deine Aussage … dulden.«

»Wofür ich überaus dankbar bin«, entgegnete Sturm, der sich bei dem feinen Reigen von Ehrerbietung und Höflichkeit wieder gefangen hatte. »Und ich möchte Fürst Bonifaz zu seinem Platz im Hoherat beglückwünschen und dabei die Hoffnung ausdrücken, daß seine Ernennung unter … glücklichen Umständen stattgefunden hat.«

Es entstand eine lange Pause, in der die drei Ratsmitglieder einander verunsichert ansahen.

»Fürst Stephan ist anderswo«, antwortete Alfred. »Setz dich.«

Sturm blickte verwirrt von einem zum anderen, denn er erwartete weitere Erklärungen von seinem alten Freund. Doch Fürst Alfred vermied es, ihn anzusehen, indem er sich zu Bonifaz hinüberbeugte, um diesem etwas zuzuflüstern. Bonifaz nickte nachdrücklich. Gunthar war der einzige aus dem Rat, der den Jungen offen ansah. Sein kurzes, fast unmerkliches Zwinkern war beruhigend, auch wenn es nichts verriet.

Sturm räusperte sich. »Ich nehme an«, begann er, »daß ich zunächst von Vertumnus berichten soll.«

Und er erzählte alles oder fast alles, wobei er der Wahrhaftigkeit und dem Urteilsvermögen von wenigstens zweien der Ratsmitglieder vertraute. Er erzählte, wie er durch das Spukschloß geirrt war, wie er durch Banditen und feindliche Dorfbewohner in einen Wald voller Illusionen vorgedrungen war und wie er dabei von Märchenwesen und geheimnisvollen, trügerischen Wegen geführt worden war.

Er erzählte seine Geschichte, ohne die verschiedenen Fallen und Hinterhalte auf seiner Reise zum und vom Finsterwald besonders zu erwähnen, und ließ auch Jack Derry und Mara aus, obwohl er nicht genau wußte, warum. Drei Augenpaare hingen an ihm, und als er fertig war, senkte sich ein unangenehmes Schweigen über den Ratssaal.

»Nun«, fing Fürst Bonifaz nach einem langen Seitenblick auf Fürst Alfred und Fürst Gunthar an, »ich nehme an, in jedem Bericht über ein Versagen liegt eine gewisse Ehrlichkeit.«

»Aus diesem Bericht geht mehr als das hervor«, schimpfte Fürst Gunthar, der sich ärgerlich zu Bonifaz umdrehte. »Und wenn Fürst Bonifaz ... *erfahrener* in Ratssachen wäre, würde er den Erfolg und den hohen Wert der Reise dieses Jungen erkennen.«

»Vielleicht könnte Fürst Gunthar mich aufklären«, erwiderte Bonifaz ironisch, sagte es jedoch in Sturms Richtung. »Der Junge wurde in den Südlichen Finsterwald geschickt, um am ersten Frühlingstag dem Herrn der Wildnis zu begegnen und eine rätselhafte Forderung zu erfüllen. Sturm hat selbst gestanden, daß er nur die erste seiner Aufgaben vollbracht hat – den Südlichen Finsterwald zu erreichen. Ganz davon abgesehen, daß er genausogut Pilze gesammelt oder ... sich mit Feen vergnügt haben könnte.«

Er lächelte grausam und zog sein Messer, um seine Fingernägel zu säubern.

Sturm verschlug es die Sprache. Mit der gleichen Tollkühnheit, die am Ufer des Vingaard sein Schwert gegen den Drakonier geführt hatte, ließ er den Maßstab Maßstab sein und ging auf seinen Gegenspieler los.

»Pilze und Feen sind weniger … an den Haaren herbeigezogen als das, was ich *wirklich* gesehen habe, meine Herren. Denn ich sah einen vom Orden … einen bekannten Ritter des Schwerts … in dunkler Verschwörung gegen mich – aus welchem Grund auch immer!«

Die Halle war bedrückend still. Vor der Tür hörte man einen Diener fegen, und irgendwo unterm Dach des Turms heulte überrascht und unangebracht eine Eule. Die solamnischen Fürsten zeigten keine Regung, und Sturm dachte an Kastell di Caela, an die marmornen Zeugnisse seiner Familie und deren Spleens, als er die Geschichte noch einmal erzählte.

Diesmal ließ er nichts aus. Jack Derry mit all seinem instinktiven Wissen tauchte ebenso auf wie das Elfenmädchen Mara mit seiner Reizbarkeit, seiner Musik und der verrückten Liebe zu einer feigen Spinne. Zum ersten Mal erwähnte Sturm die Druidin Ragnell, an deren Namen sich die Ratsmitglieder sichtlich erinnerten.

Doch die ganze Zeit tauchte ein Name immer wieder auf, von dem Moment, wo sich die Tür von Kastell di Caela hinter ihm geschlossen hatte, bis hin zu den letzten Worten von Tivok, dem Drakonier-Assassinen.

Bonifaz. »Tückjäger«. Fürst Bonifaz von Nebelhafen, solamnischer Ritter des Schwerts.

Verschwörer, Verräter am Maßstab.

Es war, als stünde die Welt still. Nach einer Minute des Schweigens, in der kein Wort, kein Ton, nicht das geringste Geräusch zu hören war, räusperte sich Fürst Alfred.

»Das«, fing er an, »sind überaus bedenkliche Anklagen, Meister Sturm Feuerklinge.«

»Anklagen«, fuhr Fürst Bonifaz heftig dazwischen, »für die ich Genugtuung verlangen werde!«

Zornig stieß sich der Schwertkämpfer vom Tisch ab, wobei er seinen Stuhl umwarf und Papiere und ledergebundene Bände des Maßstabs durcheinanderbrachte. Er zog sein Schwert und stellte sich mitten in den Raum, wo er sich umdrehte und alle ansah – seinen Beschuldiger und die Ratsmitglieder, die die Geschichte gehört hatten.

»Ich glaube, Fürst Alfred«, meinte Bonifaz mit vor Zorn bebender Stimme, »es steht im sechzehnten Band des kodifizierten Maßstabs, Seite sechsundzwanzig, Artikel drei, daß der Orden des Schwerts, der seinen Maßstab aus mutigen und heldenhaften Taten ableitet, alle seine Mitglieder verpflichtet, keinen Kampf für die Ehre der Ritterschaft auszuschlagen. Ich glaube, Fürst Alfred, daß hier die Ehre der Ritterschaft angezweifelt wurde.«

Gunthar stand auf und ging ruhig zu Bonifaz' leerem Stuhl. Er hob drei von den ledergebundenen Büchern auf, die vor dem Tisch auf dem Boden lagen, und fuhr jeweils mit dem Daumen an den Seiten lang. Er lächelte trocken.

»Sturm Feuerklinge zweifelt nicht den Orden an«, stellte Gunthar richtig, dessen Augen nicht vom Hofrichter wichen. »Sondern nur einen einzelnen Ritter – Fürst Bonifaz von Nebelhafen.«

»Dann ist ein Gottesurteil angemessen«, schimpfte Bonifaz, der sich abrupt an Fürst Alfred wandte. »Fürst Alfred sollte doch seit seiner jüngsten ... *Kontroverse* mit Fürst Adamant Jeoffrey wissen, daß dies in Ehrensachen die vorgeschriebene Regel des Maßstabs ist.«

»Aber dennoch konnten wir das durch Vernunft und guten Willen beilegen«, beharrte Gunthar.

»Durch die Schmeicheleien eines alten Mannes, der in den Wald gelaufen ist und den Orden verlassen hat!« schnarrte Bonifaz. Alle sahen den großen Schwertkämpfer irritiert an, der seinerseits an die Dachsparren blickte, wo Tauben nisteten und gurrten. Er schloß die Augen, wie um sich zu sammeln.

»Wenn Ihr Seite fünfundvierzig des bereits erwähnten sechzehnten Band anseht«, sagte er mit gedämpfter, fast raubtierhafter Stimme, »dann steht da im ersten Artikel klar und deutlich, daß bei persönlichen Streitigkeiten zwischen Ritter und Ritter das Gottesurteil zu bevorzugen ist.«

»Dreht es so oder so, Bonifaz!« rief Gunthar verärgert aus. »Muß Sturm als Ritter oder als Junge ohne Orden gelten?«

Fürst Alfred blätterte in dem vor ihm liegenden Band, doch seine Augen musterten die Mahagoniwände, denn er konnte keinen klaren Gedanken fassen. Als er schließlich sprach, wurden selbst die Tauben still und hörten zu.

»Bonifaz hat recht«, erklärte er mit trockener, zitternder Stimme. »Ein Gottesurteil ist die Lösung, selbst wenn nur einer der Gegner darauf besteht. Sturm bleibt nur die Wahl zwischen scharfen oder stumpfen Waffen.«

Sturm schluckte bitter. Ihm war unbehaglich zumute.

»Egal, wie es ausgeht«, gab Fürst Alfred bekannt, »weder Anklage noch Urteil werden je diesen Raum verlassen. Und bis diese Anklage entschieden ist, wird auch keiner von uns nach Eid und Maßstab und unseren heiligen Traditionen ein Urteil fällen.«

»Turnierwaffen«, sagte Sturm leise.

Fürst Bonifaz lächelte. »Eins zu null für mich«, erklärte er.

Fürst Gunthar ging zu einer Truhe in der hinteren Ecke des Raums, aus der er die gepolsterten Weidenschwerter entnahm, mit denen die Sache entschieden werden würde. »Du hast einen grünen Jungen im Ring besiegt«, sagte er mit zusammengebissenen Zähnen zu Bonifaz.

Der Schwertritter wurde steif.

»Ich lehre den Jungen, welche Ansprüche der Maßstab stellt, Gunthar Uth Wistan«, gab Bonifaz zurück. »Wie es sein Vater gewollt hätte, wenn er noch am Leben wäre.«

»Sein Vater hätte mehr gewollt«, murmelte Fürst Gunthar. »Und er hätte es aus dir herausgeprügelt.«

»Beim Maßstab, Fürst Gunthar«, sagte Bonifaz mit frohlockender, spöttischer Stimme. »Jetzt und immer beim Maßstab, und mögen die Schwerter fallen, wie Schwerter es tun.«

Kapitel 12

Stumpfe Waffen und ein Urteil

Sie stellten sich in der Mitte des Saals auf, der grüne Junge und der legendäre Ritter des Schwerts. Sturm nahm seinen Schild und spielte mit seiner Waffe. Das Weidenschwert war leichter, als er gedacht hatte, und fühlte sich beruhigend vertraut an.

Das solamnische Gottesurteil war ein alter, ehrenwerter Brauch, der seit dem Zeitalter der Macht und den Tagen von Vinas Solamnus geheiligt war. Wenn gegen einen Ritter des Ordens Anklage erhoben wurde, konnte der Mann seine Unschuld mit dem Schwert verteidigen. Wenn er siegte, so galt seine Unschuld für die Zuschauer und den Orden als erwiesen, ganz gleich, welche Beweise gegen ihn vorlagen. Wurde er jedoch besiegt, so zwang ihn die Ehre, sein Verbrechen zu bekennen und die entsprechende Strafe des Maßstabs hinzunehmen.

Sturm schluckte nervös. Es war eine wichtige Sache, und er mußte gegen einen wichtigen Schwertritter antreten. Und doch keimte einen Augenblick lang Hoffnung in ihm auf. Es gab merkwürdigere Dinge im Orden, als daß ein Anfänger einen Meister im Moment des Schwankens oder Träumens erwischte.

Selbst Sturm waren schon merkwürdigere Dinge widerfahren.

Er wippte auf den Fersen und erwartete seinen berühmten Gegner.

Langsam und zuversichtlich zog Bonifaz seine weißen Handschuhe an. Er hob den Siegesschild hoch, den er vor zwanzig Jahren im Turnier gewonnen hatte. Die gekreuzten Klingen auf dem Schild waren verblichen und von den vergeblichen Schlägen und Stößen von tausend Waffen zerkratzt. Nachlässig hob der Ritter das Schwert auf, das er benutzen würde, untersuchte es auf Risse und wirbelte es wie ein Zauberspielzeug in der Hand herum, um sein Gewicht zu prüfen. Verächtlich drehte er sich zu Sturm um, dessen zeremoniellen Gruß er kalt und brüsk zurückgab.

»Wir sind bereit, Fürst Alfred Merkenin«, verkündete Bonifaz, der sich auf alte, solamnische Art verneigte, wie es die Schwertritter seit der Zeit von Vinas Solamnus taten. Zögernd hob Fürst Alfred die Hand und senkte sie wieder, worauf die Gegner einander in der Mitte des Ratssaals in immer engeren Spiralen zu umkreisen begannen.

Sturm machte den ersten Angriff, wie jeder wußte, denn der grünen Hand mangelt es an Geduld. Er trat vor und stieß blitzschnell und gekonnt nach Bonifaz.

Der ältere Ritter schnaubte, trat beiseite und schlug Sturm in derselben Bewegung das Schwert aus der Hand, so mühelos, als würde er eine Fliege verjagen. Sturm jagte seinem Schwert nach, das an einer dunklen Wand liegenblieb und seiner Hand spöttisch den Griff entgegenstreckte.

Er riß das Schwert hoch und drehte sich um. Bonifaz lehnte lachend am langen Ratstisch, wo er mit seinem Schwert spielte.

»Angriff Feuerklinge wäre wirklich begeistert«, höhnte er, »seinen Sohn geschlagen und waffenlos im Turnier zu sehen.«

Mit einem Wutschrei stürzte sich Sturm wie ein riesiges, zorniges Tier auf Bonifaz. Der Ritter wartete ruhig und wich erst im letzten Moment aus, stellte Sturm ein Bein und zog ihm mit der Breitseite des Weidenschwerts eins über. Hals über Kopf stolperte der Junge über einen am Boden liegenden Band des Maßstabs und prallte gegen einen Sekretär, dessen zierliche Beine zerbrachen.

»Bringt es zu Ende, Bonifaz«, rief Gunthar mit rotem Gesicht und blitzenden Augen. »Bei den Göttern, bringt es zu Ende und laßt den Jungen in Frieden!«

Bonifaz nickte theatralisch mit fröhlichem, aber giftigem Lachen. Er fuhr herum und schritt auf den benommenen Sturm zu, der unsicher und zaghaft sein Schwert erhob.

Sturm schwirrte der Kopf, und seine Hände waren schwer, als er sah, wie Bonifaz' Schwert um ihn herumtanzte und ihn an Brustharnisch, Helm und Knien traf. Es war wie ein Hornissenschwarm, ein Schwarm Klesche, und wie er auch abwehrend den Schild hob oder mit dem Schwert parierte, Bonifaz' Waffe war über ihm oder unter ihm oder hinter ihm und biß und schlug und zwickte.

Zweimal trafen ihre Klingen aufeinander, so daß der knirschende Aufprall von Holz auf Holz im Ratssaal nachhallte, als wenn ein Baum auseinanderbrach. Beide Male wurde Sturm zurückgestoßen. Beim zweiten Mal geriet er ins Taumeln.

Bonifaz war nicht nur schneller und erfahrener, sondern auch doppelt so stark wie sein Gegenüber.

In die Ecke gedrängt, geschlagen, zerkratzt, bedrängt und beschämt drückte sich Sturm an die hinterste Wand des Raums. Sein Rücken klebte an der doppelten Eichentür, die hinter ihm verschlossen worden war, als die Audienz begann.

Er konnte nirgends hin, nirgendwo den Schlägen entkommen. Während seine Gedanken verzweifelt im Kreis gingen und er im Hagel der Schwertschläge unterging, suchte Sturm nach irgend etwas – egal was –, um seinen Feind zurückzudrängen.

Der Drakonier, dachte er zuletzt.

Was habe ich da noch gemacht ...

Ihm flog das Schwert aus der Hand. Nach einem kräftigen Schlag von Bonifaz' Waffe wirbelte es vierzig Fuß weit durch die Luft, knallte auf den Steinboden der Ratshalle und zerbrach dabei. Im selben Augenblick lag die Weidenspitze an seiner Kehle, und er blickte Bonifaz in die Augen, die blau und leblos waren wie der wolkenlose Winterhimmel.

»Urteil, Fürst Alfred«, forderte Bonifaz. Er war noch nicht einmal außer Atem.

»Der Rat entscheidet den Zweikampf zugunsten von Fürst Bonifaz von Nebelhafen«, erklärte Fürst Alfred mit dünner, geistesabwesender Stimme.

»Pack deine Sachen, Bürschchen«, zischte Bonifaz. »Solace soll im Frühling recht malerisch sein.«

Die vier kamen schweigend aus dem Ratssaal. In den Gängen duckten sich die Pagen und Knappen in die Alkoven, und Diener gingen ein bißchen zu eifrig wieder an ihre Arbeit. Keiner fragte nach dem Ausgang des Zweikampfs oder auch nur, weshalb überhaupt gekämpft worden war. Der Rat war in solchen

Angelegenheiten zu strengstem Stillschweigen verpflichtet, und weder Alfred noch Gunthar würden je etwas über diesen Nachmittag erzählen.

Aber jeder würde es wissen. Wenn sie es nicht von Sturms tiefrotem Gesicht und aus der gnadenlosen Befriedigung in den stahlblauen Augen von Fürst Bonifaz ablesen konnten, würden sie es aus dem detaillierten Bericht von Derek Kronenhüter erfahren, der alles, was geschehen war, durch das Schlüsselloch beobachtet hatte.

Und sie würden hören, was Derek und Bonifaz sie hören lassen wollten: »Ein echter Schwertritter hat sich Angriff Feuerklinges Sohn vorgenommen und ihm Respekt vor seinen Vorgesetzten beigebracht.«

Das würden sie zu hören bekommen, dachte Sturm, als er am nächsten Morgen seine Sachen packte. Er stellte sich vor, wie sich die Nachricht beim Frühstück verbreiten würde, wie die verschwörerischen Jeoffreys hinter ihrem Schinken sitzen und darüber lachen würden.

Langsam wickelte er Schild, Brustharnisch und Schwert in schweres Segeltuch. Sie hatten ihm besser gedient als er ihnen. Vielleicht würde er sie irgendwann wieder anlegen dürfen. Vorerst aber wollte er die Niederlage tragen wie der Ritter, der er inständig zu sein hoffte.

Vor dem Rat sollten alle Anklagen und Verdächtigungen beigelegt werden. Nach den Vorschriften für ein Gottesurteil hatte Bonifaz von Nebelhafen alle Vorwürfe mit seinem Schwert ausgeräumt. Während Sturm die letzte Elle Tuch um sein Schwert wickelte, glaubte er langsam wirklich, daß Bonifaz unschuldig war.

Denn die Worte des Drakoniers konnten leicht Verleumdung gewesen sein, einfach aus einem zufällig gehörten Namen und einem tückischen Herzen geboren …

… und was Jack Derry anging …

Ach, in den letzten zwei Wochen hatten Traum und Vorstellung sich so gründlich mit dem Wirklichen vermischt, daß …

Er schüttelte den Kopf. Bonifaz war schuldig, ganz gleich, was Eid und Maßstab sagten. Er wußte es. Und doch hatte Sturms Schwäche im Umgang mit dem Schwert seinem Feind die Freiheit gesichert. Der Kampf war vorbei. Ganz gleich, was er oder Alfred oder Gunthar über diese Sache dachten, Bonifaz hatte sich als unschuldig erwiesen – durch seinen Schwertarm und die alten solamnischen Prozeduren von Statut und Tradition.

Nachdem er sich die Rüstung auf die Schultern gelegt hatte, ging Sturm durch die verschlungenen Gänge zum Hof. Es war wie an dem Tag, an dem er in den Südlichen Finsterwald aufgebrochen war. Kein Winken, kein Zuspruch, nicht einmal ein freundlicher Blick. Alle wichen ihm eilig aus, als Sturm zu den Stallungen ging.

Gunthar hatte letzte Nacht noch mit ihm geredet und ihn halbherzig bedrängt, im Turm des Oberklerikers zu bleiben. Er war erleichtert gewesen, als Sturm darauf bestand fortzugehen, und hatte sich verlegen stammelnd mit einem kurzen Handschlag verabschiedet.

Er hatte dem Jungen auch nichts von Fürst Stephan Peres erzählt.

Fürst Stephan hätte mich besser entlassen, dachte Sturm, als er die ungeschickten Bemühungen des alten Reza überprüfte, der nicht recht bei der Sache war, als er Luin sattelte. Es hätte Scherze und freche Worte von den Zinnen gegeben, vielleicht sogar ein weises Wort, auch wenn nur die Götter wußten, welche Weisheit in diesem irregeleiteten Unfug zu finden war …

Aber Fürst Stephan war … anderswo. Als Reza mit dem Sattel kämpfte, kam er endlich zur Sache, und die bizarre Geschichte vom Abschied des alten Ritters nahm langsam Gestalt an.

Anscheinend hatte Fürst Merkenin an dem Abend nachdem Sturm vom Turm in den Finsterwald aufgebrochen war, eine Schar unerfahrener Jäger für eine Hirschjagd in den Flügeln des Habbakuk zusammengestellt. Fürst Adamant Jeoffreys jüngere Zwillingsbrüder hatten sich sofort gemeldet, weil sie unbedingt beim Hofrichter Eindruck schinden wollten, ebenso Derek Kronenhüter, der aufgrund plötzlicher Verpflichtungen von Fürst Bonifaz in Burg Thelgaard unbeaufsichtigt war. Angesichts dieser drei jungen Löwen hatte Alfred Fürst Gunthar als »mäßigenden Einfluß« eingeladen. Gunthar hatte abgewinkt, weil er dieser Gruppe weder Jagdglück noch die Aussicht auf gute Kameradschaft einräumte, aber Fürst Stephan bekam das Angebot zufällig mit und schloß sich der Jagdpartie auf der Stelle an.

»Wo haben sie gejagt, Reza?« fragte Sturm. »Und was hat das mit Stephans Abschied zu tun?«

»Alles zu seiner Zeit«, sagte Reza, der sich an den Türpfosten lehnte, während Sturm seine Kleider in eine Satteltasche stopfte. Rezas Gedanken waren ganz bei seiner Geschichte. »Erst mal ging es so weiter: Sie waren also bunt gemischt, diese Jäger von Fürst Alfred, und als sie noch beschlossen, mich als eine Art Treiber mitzunehmen ... na ja, sie waren nicht gerade die Besten für ihr Vorhaben. Fürst Alfred entschied, daß wir in den Hartwald reiten würden, denn dieser Wald wäre genug für solche wie die Jeoffreys.«

Sturm grinste. Der Hartwald war ein gut fünf Morgen großer Wildpark nicht weit von der Stelle, wo die Flügel in die Verkhus-Hügel übergingen. Früher hatte er diese Gegend bewundert und es geliebt, dort jagen zu gehen, doch nach seiner Reise in den Südlichen Finsterwald kam sie ihm zahm und künstlich vor – ein schön angelegter Garten mit Bäumen und Tieren.

»Nun, wir kamen gegen Sonnenaufgang dort an«, fuhr Reza fort, »und haben bald drei Stunden rumgelärmt, haben Eichhörnchen, Mücken und Stare aufgescheucht, aber nich' die Spur von Hirschen. Hat Fürst Alfred bestimmt geärgert – diese trampligen Jeoffreys, Derek Kronenhüters laute Stimme, Fürst Stephan, der dauernd in sein altes Jagdhorn tutete und mit seiner Rüstung in den Büschen hängenblieb. Also hat Fürst Alfred die Jagd schließlich abgeblasen, da war es noch nich' mal Mittag. Wir sind umgekehrt und wollten aus dem Park raus.«

Reza beugte sich vor, wurde leiser und lachte.

»Und da hat der Wald sich langsam verändert. Die Bäume trieben Blätter und Blüten, aus dem Boden drangen Wurzeln, und von den Wipfeln fielen Früchte.«

»Früchte?« fragte Sturm ungläubig.

»Oh, die Jahreszeiten sind ja schon eine ganze Weile durcheinander, Meister Sturm«, erklärte Reza. »Ihr habt es bestimmt schon selbst bemerkt. Jedenfalls war es, als hätte der Park plötzlich beschlossen, ein richtiger Wald zu werden, ein Silvanost oder ... ein Finsterwald, Meister Sturm. Und er wandte sich gegen uns alle – die Jungens hat er wirklich zu Tode erschreckt. Der junge Meister Unverzagt Jeoffrey wurde abgeworfen, als diese kleine, gelbe Eidechse aus dem Vallenholzbaum seinem armen Pferd auf die Nase fiel. Der andere Jeoffreyzwilling – Meister Balthasar, oder?«

»Beaumont, Reza«, stellte Sturm richtig, der den Fuß in den Steigbügel setzte. Der Sattel rutschte etwas, so daß er stirnrunzelnd zurücktrat.

»Meister Beaumont ... reitet durch ein Spinnennetz und erschreckt sich und dreht vollends durch, als die Spinne, die das Ding gebaut hat, daumengroß ist und ihn beißt.«

Sturm grinste befriedigt.

»Also wendet dieser Meister Beaumont sein Pferdchen und galoppiert davon und ward nicht mehr gesehen, erst drei Tage später, als wir schon alle dachten, der Wald hätte ihn verschluckt. Als er zurückkam, war er kaum zu erkennen, weil doch sein Gesicht von den Spinnenbissen so angeschwollen war.«

Reza zog den Sattelgurt fester und trat zurück, um sein Werk zu begutachten.

»Aber was war mit Fürst Stephan, Reza?« fragte Sturm.

»Erst mal zu Meister Derek«, drängte Reza schlau und zwinkerte Sturm zu.

»Na schön. Du weißt, da kann ich nicht widerstehen. Was passierte Derek?«

»Ist gegen einen Baum gelaufen.«

»Gegen einen Baum?«

»Einen Dornbaum. Meister Derek sagt, er hätte ihn angesprungen, bevor er sein Pferd anhalten konnte. Ein niedriger Ast hat ihn am Kinn erwischt, und das nächste, was er weiß, ist, wie er in der Krankenstation im Turm aufwacht – zwei Tage später.«

Sturm hätte am liebsten laut gelacht. Das wog beinahe die Trauer über seine Niederlage und seinen Abschied auf.

»Aber, Reza«, beharrte er, als er wieder ernst wurde und Luin seine Sachen auf den Rücken schnallte, »was war denn nun mit Fürst Stephan? Es macht mich traurig, daß ich ihm nicht auf Wiedersehen sagen kann.«

»Das war völlig verrückt«, sagte der Diener. Er taumelte unter dem Gewicht der Rüstung, bis Sturm sie ihm abnahm und auf die Stute lud. »Denn die ganze Zeit spielte Musik.«

»Musik!« rief Sturm erschrocken aus.

»Wir haben sie alle gehört, aber keiner wußte, wo sie herkam.«

Sturm runzelte die Stirn. Er wollte etwas sagen, schwieg jedoch, als der alte Reza weiter schwatzte.

»Sie war überall. War eine Flöte, und alle Zweige wiegten sich zu der Melodie, und alle Vögel piepsten mit. Es dauerte eine Minute, da antwortete Fürst Stephan schon mit diesem abgegriffenen, alten Jagdhorn, und zum ersten Mal klang es wie ein Musikinstrument, und die Vögel antworteten auch auf das Horn.

Dann tat sich ein grüner Pfad in den Wald auf. Ich habe ihn gesehen. Er fing gleich vor meinen Füßen an. Hat sich zwischen den Bäumen durchgeschlängelt wie ein Teppich zum Podest bei einer Krönung. Fürst Stephan fängt an zu lachen, als hätte ihn der rote Mond erwischt. ›Endlich!‹ sagt er dann. ›Endlich doch noch etwas!‹ Und reitet den Pfad runter und lacht wie ein Irrer.«

»Hat denn keiner versucht –«, fing Sturm an, doch der alte Diener wollte unbedingt seine Geschichte zu Ende bringen.

»Als er davongaloppiert, sprießt es grün aus seiner Rüstung, und er lacht, und sein altes Lachen übertönt das Vogelgezwitscher und die Flöten. Fürst Alfred setzt ihm nach und will ihn überholen und das Pferd zügeln, aber Fürst Stephan wehrt ihn ab und sagt: ›Nein‹, sagt er. ›Nein. Darauf warte ich seit Jahren‹, und lacht und lenkt sein Pferd in dieses dichte Eichenwäldchen, und es war, als hätten sich die Bäume vor ihm geöffnet, um ihn einzulassen, und dann wieder so schön und still geschlossen, daß der Wald genauso aussah wie immer, als wir ankamen. Den ganzen Nachmittag haben wir Fürst Stephan gesucht, gerufen und die Hunde losgelassen, aber die paar, die der Wald nicht verschluckt hatte und die nicht weggerannt waren, waren inzwischen etwas schreckhaft, wie Ihr Euch vielleicht vorstellen könnt ...«

Sturm nickte gedankenverloren und stellte sich Fürst Stephan vor. Es war eine verrückte Geschichte, aber wie so viele verrückte Geschichten, die er gehört hatte, kam sie ihm irgendwie vertraut vor. Er würde das Verschwinden von Fürst Stephan Peres nicht betrauern, hatte noch nicht einmal vor, nach dem alten Mann zu suchen. Es lag etwas Weises in seinem

Abgang, als hätte sich Fürst Stephan plötzlich umgesehen und festgestellt, daß er den Orden überlebt hatte.

Reza erzählte noch den Rest – all die Verwicklungen, wie jeder jeden für das Unglück im Wildpark verantwortlich gemacht hatte. Als Sturm sich in den Sattel schwang, trat er zurück.

»Nicht wenige von uns, Meister Sturm«, sagte der Alte, der Luin beruhigend die Flanke klopfte, »freuen sich auf ihr fünfundachtzigstes Jahr. Wer weiß, was es bringt?«

»Ich hoffe, meines wird so sein wie das von Fürst Stephan Peres«, entgegnete Sturm und lenkte Luin zum Tor.

Sturm war schon zwei Tage nach Solace unterwegs. Durch die Verkhus-Hügel ritt er auf demselben Weg in die Solamnische Ebene wie vor zwei Wochen, einem Jahr, einem ganzen Leben. Begleitet wurde er nur von dem wachsenden Gefühl, etwas verloren zu haben – etwas Unwiederbringliches, das wie eine nur halb erinnerte Melodie in den Tiefen seines Gedächtnisses schlummerte.

Jetzt bedeutete der Hartwald ihm etwas, als er südlich daran vorbeiritt. Grün und ordentlich schimmerte er am Horizont, und einen kurzen Augenblick dachte Sturm daran, nach Norden zu ziehen und das kleine Gebiet nach dem verschwundenen Fürst Stephan zu durchkämmen.

Er entschied sich dagegen. Hatte Stephan sie nicht alle weggeschickt und sich freiwillig in grüne Gedanken und ein grünes Gewand gestürzt?

Jedem das Seine, dachte Sturm grummelnd, doch er wußte, das traf es nicht.

Er ritt die Ebene hinunter und ließ den Fluß in sicherer Entfernung im Osten liegen. Die Doppeltürme von Kastell di Caela ragten eine Zeitlang im diesigen Osten auf, doch Sturm hatte nicht den Wunsch, dorthin zurückzukehren. Er galoppierte weiter, an Burg Thelgard vorbei über die Grenze nach Südland, wo ihn ein Tagesritt nach Kargod und an die See brachte. Die ganze Zeit wartete er sehnsüchtig auf eine Musik, die jedoch nie erklang.

Die Rüstung ließ er sicher versteckt in ihrer Stoffhülle, bis er auf der Straße von Schallmeer war. Es war, wie Raistlin gesagt hatte: Der Norden konnte einen bei lebendigem Leibe fressen. Solamnia war eine gefährliche Gegend für Solamnier, und noch gefährlicher für den strengen, bedrängten Orden.

Er blickte nicht zurück, als er aufs Meer fuhr.

Nachdem er am nordöstlichen Zipfel von Abanasinia an Land gegangen war, war die Reise einfach, denn die vertrauten Landmarken erhoben sich wie Nebel oder Musik über einer fernen Ebene. Da waren die Berge – das hügelige Ostwall-Gebirge und dahinter der schroffe Kharolis –, und einmal sah er auch ganz am Westhorizont einen Stamm aus den Ebenen mit seiner geheimen Magie in den Sonnenuntergang ziehen.

»Heimat«, flüsterte er und bemühte sich, etwas Heimatliches zu spüren – Sehnsucht oder einen tiefen, brennenden Schmerz. Er fühlte keine derart romantischen Dinge. Lediglich Vertrautheit überkam ihn. All das hatte er schon einmal gesehen, und von hier an konnte er sich nicht mehr verirren.

Er war nirgends daheim, entschied er. Nicht in Solamnia. Nicht hier.

Heimkehren bedeutete allerdings frohes Wiedersehen. Als Sturm nach Solace kam, stand Caramon mit Hammer und Nägeln auf dem Dorfplatz und legte gerade letzte Hand an ein komisches Gerüst, eine Bühne.

Caramons Begrüßung war kurz und begeistert. Nachdem er sich aus der Umarmung des hünenhaften Mannes gewunden hatte, rieb Sturm sich die Schulter und begutachtete das Werk.

»Ist für Raist«, erklärte Caramon stolz, während er sich ohne Umschweife ins Gras setzte und nach einem Wasserkrug griff. »Damit wir ein bißchen Reisegeld verdienen.«

Der große Mann zwinkerte und imitierte mit den Fingern unschuldig einen gerissenen Kaufmann.

»Wie aufregend«, sagte Sturm, der seinen alten Freund ernst ansah. »Und wo soll die Reise hingehen, Caramon?«

»Zu den Türmen der Erzmagier«, flüsterte Caramon, der Sturm näher heranwinkte. »In den Wald von Wayreth. Zur ersten großen Zauberprüfung für meinen Bruder.«

»Muß man dahin nicht ... *eingeladen* werden, Caramon?«

»Das ist es ja gerade, Sturm«, erwiderte der große Mann. »Raistlin *ist* eingeladen. Man hat ihn lange geprüft und hält ihn für geeignet!«

Caramon nickte strahlend zum anderen Ende des Platzes. Dort drehte sich im funkelnden Sonnenlicht eine schmale, murmelnde Gestalt in roten Roben, auf deren Händen und Kleidern dunkle Vögel tanzten.

Geprüft und als geeignet befunden? Sturm sah dem jungen Zauberer nachdenklich beim Üben zu. Taschenspielereien, wahrscheinlich, und vielleicht ein Haufen Spiegel und Rauch. Wenn man sich weiterwagt, ist es nicht mehr so einfach, denn die ganze grüne Welt ist trügerisch, und aus Orten jenseits deiner Vorstellungskraft pfeift sie dir eine geheimnisvolle Musik vor.

Es ist eine Musik, die mich fast umgebracht hätte. Aber trotzdem habe ich immer noch Eid und Maßstab.

Sturm runzelte die Stirn. Dieser Gedanke war nicht gerade tröstlich.

Aber ich hätte anderes haben können, wenn ich gewollt hätte. Da draußen muß man wählen, Raistlin. Und das beste an der Zauberkunst ist, daß du wählen kannst.

Letzten Endes kannst du immer wählen. Ich hoffe, du wählst ehrenhaft.

Ohne das Eintreffen seines alten Freundes zu bemerken, streckte der junge Zauberer die Arme aus. Er zitterte im Frühlingswind, als eine Wolke vor die Sonne zog, und kletterte die Stufen der eben fertiggestellten Bühne hoch. Für Sturm war es wie ein Geburtstagsspielchen, wie die Zauberschau eines schlauen Kindes, als Flaschen, Vögel und blaues Feuer durch die Luft wirbelten und verschwanden.

Bald hatte sich eine Zuschauermenge versammelt. Bewohner aus Solace, Bauern aus dem Umland, selbst ein oder zwei Zwerge und ausgerechnet ein neugieriger Kender, der hinter den Leuten stand und sich den Hals verrenkte, um zu sehen, was vorne auf der Bühne geschah. Irgendwo in diesem Menschenauflauf, in dem sich die kehligen Bemerkungen der Zwerge mit dem breiten Dialekt der Landbevölkerung und dem südlichen Singsang aus Haven und Tarsis und dem fernen Zeriak mischten, erhob sich der sehnsüchtige, vielversprechende Klang einer Flöte.

Epilog

Erinnerungen und Gasthäuser

Wieder war ein Jahr vergangen. Ein kalter, unfreundlicher Frühling folgte, und dann kam Fürst Gunthar Uth Wistan nach Solace.

Er blieb nur kurz. Sturms kleine Hütte war etwas eng und schlicht für einen berühmten Ritter von Solamnia, und etwas in Fürst Gunthar wehrte sich gegen die Vorstellung, daß der Sohn eines guten Freundes unter einem Strohdach gelebt und auf dem harten Boden geschlafen hatte.

Gunthar ließ Vorräte da und soviel Silber, daß der Junge leicht bis Mittsommer durchkommen würde. Er brachte auch eine Geschichte mit, und als er weiterritt, lief Sturm gleich zum Wirtshaus »Zur Letzten Bleibe«, um seinen Freunden Brot und Kunde zu bringen.

Als Sturm den Raum betrat, wärmte sich Raistlin gerade seine Hände am Feuer. Caramon stand an einem Fenster nach Süden und blickte hinaus auf den leichten, späten Schnee, der auf die Zweige des gewaltigen Vallenholzbaums fiel, welcher das urtümliche, alte Gasthaus beherbergte.

Raistlin trug jetzt die rote Robe, denn er freute sich auf seine Zaubererprüfung in den Türmen der Erzmagier von Wayreth. Caramons Vorahnungen über die Reise, die seinem Bruder bevorstand, hatten auch Sturm angesteckt, und der Anblick der Roben machte ihn nervös.

Raistlin drehte sich mit dünnem Lächeln zu ihm um und setzte sich an einen Tisch voll Geschirr.

»Man sieht dir die Neuigkeiten an, Sturm Feuerklinge«, flüsterte er und schob Teller und Krüge mit seiner schmalen, blassen Hand beiseite. »Die alte Dringlichkeit und Wichtigkeit des Solamniers. Setz dich.«

Caramon blieb am Fenster stehen, als Sturm sich hinsetzte und das Brot auswickelte. Raistlin griff gierig zu, während Otik schweigend an den Tisch trat. Sturm gab dem Wirt eine Münze, worauf der stämmige Kerl am Kochfeuer Tee aufsetzte.

»Ich habe wirklich Neuigkeiten, Raistlin«, verkündete Sturm, der angesichts des unbändigen Hungers seines Freundes die Stirn runzelte. »Fürst Gunthar hat sie mir gebracht.«

Caramon drehte sich erschauernd zu ihm um.

»Wird es denn nie mehr warm, Raist? Inzwischen dringt einem der Schnee bis in die Knochen – als wenn der Frühling niemals kommt.«

Raistlin fegte den Kommentar seines Bruder mit einer Handbewegung beiseite und lächelte ironisch, während seine dunklen Augen an Sturm hingen. »Genug vom Wetter, Caramon.

Unser Freund Sturm Feuerklinge weiß Neues über die hohen Intrigen im Orden, die ihm zweifellos sein illustrer Besucher verraten hat.«

Sturm setzte sich bequemer hin. Sein Blick war fest und strahlend. »Es ist die Geschichte, die man sich jetzt im Turm des Oberklerikers erzählt. Vertumnus ist zum Julfest zurückgekehrt, und das bedeutet, daß meine lange Verbannung ein Ende hat.«

Caramon zog sich einen Stuhl heran, und Sturm begann mit der wundersamen, verwirrenden Geschichte.

»Es ist allerdings nur eine von vielen Versionen dieser Geschichte, denkt dran. Denn jeder dort – Fürst Gunthar, Fürst Alfred, all die MarThasals und Jeoffreys und Invernos – erinnert sich jetzt unterschiedlich daran, wie Fürst Gunthar sagt.«

»Wie schon bei seinem ersten Besuch bei dem anderen Julfest«, warf Caramon ein.

Raistlin bedachte seinen Bruder mit einem ungeduldigen Blick. »Ich erinnere mich an Sturms Bericht von diesem ersten Besuch, Caramon. Im Gegensatz zu den beteiligten Rittern brauche ich niemanden, der mein Gedächtnis auffrischt.«

Angespannte Stille legte sich über den Raum. Sturm räusperte sich.

»Also, auf jeden Fall erinnert sich keiner genau gleich. Aber in ein paar Dingen stimmen die meisten überein.

Nachdem ich den Turm des Oberklerikers verlassen hatte und zurückgegangen war, haben Gunthar und Alfred Bonifaz genauer beobachtet, wie mir Fürst Gunthar erzählte. Offiziell sollte die Sache nach dem Zweikampf vergessen und begraben sein, aber beide Richter hatten doch irgendwie das Gefühl, daß an Fürst Bonifaz etwas … merkwürdig faul war, auch an der Art, wie er mich gefordert und höhnisch durch den Ratssaal getrieben hatte. Dennoch zwang sie die Tradition, den Ausgang des Kampfes zu akzeptieren, und dann hatten sie natürlich noch andere Sachen zu tun. Schließlich war es Frühling, und der Orden hatte Pflichten in ganz Solamnia.«

»Mit anderen Worten«, unterbrach Raistlin trocken, »sie haben dich vergessen.«

»So meine ich das nicht«, wehrte Sturm den Einwand eilig und etwas zu heftig ab. »Es ist einfach nur so, daß ... daß ... der Orden noch anderes zu tun hat.«

Der düstere Zwilling nickte, als sein Blick sinnend zum Kaminfeuer zurückschweifte.

Otik kam geschäftig aus der Küche gelaufen und brachte ein Tablett mit dampfenden Tassen. Die letzten anderen Gäste, ein Kender und ein Zwerg, die Caramon angeblich kannte, hatten sich eingepackt und stapften langsam durch die Eingangstür hinaus, so daß die Wirtsstube still und praktisch leer dalag.

»Als der Frühling allmählich in Frühsommer überging«, fuhr Sturm fort, während Otik ihm den Tee hinstellte, »schien es, als hätte auch Bonifaz die Sache vergessen. Fürst Gunthar sagte, er hätte besser gegessen, länger geschlafen und irgendwann diesen gejagten, besorgten Blick verloren, der den ganzen letzten Winter über in seinen Augen gelegen hätte. Er machte wieder Späßchen mit den Knappen, jagte mit Adamant Jeoffrey und gönnte sich sogar eine längere Sommerreise nach Westen zu seinem Land in Nebelhafen.

Der Zwischenfall war also anscheinend wirklich vorbei. Selbst als das Julfest nahte, machte sich keiner Gedanken oder erinnerte sich an die Sorgen der Vergangenheit, denn alle – von Fürst Alfred bis zum jüngsten Ritter – rechneten fest damit, daß es diesmal ein schönes, ruhiges Fest werden würde. Ganz wie damals, vor dem Auftauchen des grünen Manns.

Auch Bonifaz war richtig fröhlich, als das Bankett kam, und er strahlte aus allen Knopflöchern, als es losging und er mit seiner normalen Gefolgschaft Platz nahm, den Kronenhütern und Jeoffreys und diesmal obendrein noch mit ein paar Jochanans aus dem Hochadel. Der Saal war so hell wie noch nie, denn überall hingen neue Laternen und an jeder Ecke Fackeln, als hätten sogar die Fackelburschen die unbeschwerte Stimmung bemerkt. Die Musik soll laut Fürst Gunthar besser gewesen sein als letztes Jahr – ein Kendertrio aus dem hintersten Hylo, zwei kleine Flöten und ein Tamburin, ganz frech und wild und laut wie ein ganzes Nest Eichhörnchen.«

»Das hätte ich aber gern gehört!« rief Caramon aus.

»Schscht!« fauchte Raistlin, der seinem Bruder einen Klaps gab, während Sturm lächelnd Tee eingoß.

»Bonifaz muß richtig ausgelassen gewesen sein, denn er legte sogar seine Beine auf einen großen Eichentisch, als wäre er auf der Jagd oder im Feld, nicht aber bei einem offiziellen Festmahl. Hielt praktisch hof zwischen all den jungen Rittern und redete vom Schwertkampf, über Rüstungen und Pferde, brachte einen Toast aus auf die Jagd und auf die Geburt von irgendeinem Sohn … einem Jochanan, wenn ich mich recht erinnere.«

»Ich bin ganz wild auf die Einzelheiten«, stellte Raistlin ironisch fest. »Weiter mit der Geschichte, Sturm.«

Sturm probierte den Tee. Er schmeckte nach Apfel mit einem Hauch Zimt – ein Wintertee, bestimmt der letzte aus Otiks Vorrat.

»Als der Wein in Strömen floß«, sagte er, »wurde es immer lauter im Saal, bis man das Gepfeife der Kender nicht mehr hörte und sogar Fürst Gunthar aufmerksam wurde, und glaubt mir, der ist nicht zu streng, was Manieren und Protokoll angeht.«

Caramon nickte leicht. Raistlin hob hustend die Tasse.

»Gunthar sagte, die jungen Ritter hätten ihn gar nicht beachtet«, fuhr Sturm fort. »Sie wurden im Verlauf des Banketts bloß immer lauter und wilder. Aus dem Lärm wurde Geschrei und Rangelei, und Fürst Gunthar meinte, man hätte sich Bonifaz in diesem ganzen Unfug schwer vorstellen können. Er sagte, es wäre ihm so vorgekommen, als wenn etwas in Bonifaz sich verändert hätte, so daß selbst sein Feiern irgendwie ... verzweifelt war. Bonifaz drohte bei der kleinsten Meinungsverschiedenheit mit dem Schwert und rief jeden zur Ordnung, der das Protokoll verletzte, indem er Band und Paragraph des Maßstabs zitierte.«

»Also typisch solamnisch«, stellte Raistlin fest, der noch einen Schluck Tee trank.

Sturm ignorierte seinen Freund. »Es war, als hätte Bonifaz den Eid ... so fest umklammert, daß er ihn verloren hatte. Sagte Fürst Gunthar jedenfalls. Ganz plötzlich hörte er dann in dem Gelächter und Gepiepe eine Flöte.«

»Endlich!« atmete Raistlin auf, der seine Tasse abstellte. »Du brauchst ganz schön lange, bis du zur Sache kommst, Sturm.«

Sturm achtete nicht auf ihn. »Selbst die hintersten Tische verstummten, als die Flöte sich in das Gepiepse der Kender drängte. Der neue Klang entzückte die Musikanten, und sie improvisierten sofort mit der Melodie, bis die Töne sich so vermischt hatten, daß man kaum hätte sagen können, wer was spielte.

Gunthar sah zur Decke, sagte er, wo tausend Rosen von den Dachsparren fielen. Rosa und weiß, rot und blau bedeckten sie die Ritter und Damen mit hunderttausend Blütenblättern. Die Kender jauchzten vor Begeisterung und warfen ihre Instrumente in die Luft, doch die Flöte fuhr allein fort und spielte inmitten dieses Rosenregens ein Solo.«

»Weiter«, drängte Raistlin gebannt.

Sturm lächelte. Das war der Teil der Geschichte, der ihm am besten gefiel. »Viel mehr kommt kaum noch, mein Freund. In diesem Moment gingen die Saaltüren auf, und da stand Fürst Vertumnus an der Spitze einer Armee.

Tauben flogen vor ihm her und Eulen und Lerchen und Raben, die sich auf die Dachsparren verteilten und dabei sangen.

Eichhörnchen und Hasen folgten ihnen, und dazwischen schlichen Füchse herum, die sich wie aufmerksame Jagdhunde unter den Tischen verteilten.

Tja, die Kender waren inzwischen ganz aus dem Häuschen, tanzten dreist und ausgelassen über die Tische und das Podest hoch. Gunthar sagte, Adamant Jeoffrey wurde es zuviel. Er packte zwei von ihnen an ihren Haarknoten und hielt sie fest.«

»Es gibt da einen, dem ich am liebsten dasselbe antäte«, murmelte Caramon vielsagend mit einem Blick zur Tür. »Und ich würde ihn gern am Zopf herumschleudern.«

»Es folgte ein Dutzend Elche«, sagte Sturm, »und dann zwei Dutzend Hirsche. Die Tiere kamen lautlos herein, und Derek Kronenhüter muß um zehn Jahre gealtert sein, als ein riesiger Hirsch mit dunklen Augen, dessen langes, ernstes Gesicht von einem breiten Geweih gekrönt war, sich von hinten an ihn anschlich und ihn anstupste.«

Sturm lachte bei dieser Vorstellung. Der Gedanke, wie Derek Kronenhüter rückwärts in diese neue Überraschung gelaufen war, konnte ihn endlos amüsieren. Zum großen Entzücken seines jungen Freundes hatte Fürst Gunthar ihm diese spezielle Szene mehrfach geschildert.

»Dann kam die Kapelle«, sagte Sturm, als er sich wieder gefangen hatte. »Gleich hinter den Elchen und Hirschen. Drei Zentauren trabten in den Saal und warfen Tische und Stühle und Familienbanner um. Jeder von ihnen spielte auf einer Art Dudelsack und hatte ein weibliches Wesen in grünen Kleidern auf dem Rücken. Gunthar sagt, es waren eine Druidin und zwei Dryaden, alle mit Handtrommeln. Ich nehme an, ihr kennt sie schon aus der Geschichte, die ich euch erzählt habe.

Zuletzt kam der große Grizzlybär, der furchtlos und frei mitten in den Saal lief. Und auf dem Bären ritt der Herr der Wildnis mit erhobener Silberflöte und spielte immer wieder sein neues Lied ...«

Caramon stand auf, denn seine Ungeduld stieg. »Das ist alles schön und gut, Sturm, wer da alles reinkam und Musik machte. Aber was war mit dem Ritter? Mit dem Schuft von Bonifaz? Ich hasse es, wenn einer nicht bekommt, was er verdient.«

»Kommt alles, Caramon«, erwiderte Sturm. »Bonifaz stand auf und hatte die Hand schon am Schwertknauf. Gunthar und Alfred kamen vom Podest herunter.

Vertumnus rutschte vom Rücken des Bären und drehte sich wieder einmal im Kreis, wobei seine Flöte irgendwo in den Blättern verschwand, die ihn bedeckten. Die Zentauren legten ihre Dudelsäcke weg, die Druidin und die Dryaden ihre Handtrommeln, und die Musik trieb aus dem Raum.

›Ich bin Vertumnus‹, sagte er mit seiner sanften, tiefen Stimme. ›Und wieder möchte ich zum Jahreswechsel etwas sagen, was mir sehr am Herzen liegt. Und an die Legenden der Druiden erinnern.‹«

»Ich kenne keine Druidenlegenden«, meinte Caramon.

Sturm zuckte mit den Achseln. »Ich auch nicht. Und Fürst Gunthar offenbar auch nicht. Er sah sich nach seiner Gefolgschaft um – nach Alfred und Bonifaz und den ganzen Jeoffreys und Jochanans, und alle Gesichter zeigten denselben ratlosen Ausdruck.

›Also gut‹, sagte Fürst Gunthar. ›Erinnere an deine Legenden, Vertumnus.‹ Er lachte darüber, als er es mir erzählte. Er sagte, er hätte sich richtig aufgeplustert, als ob er Vertumnus daran hätte hindern können, irgend etwas zu tun oder zu sagen, was er wollte, aber ich nehme an, mehr ist vom Maßstab manchmal nicht mehr übrig – wir tun so, als könnten wir etwas beherrschen, weil wir die Tiefe und die Aussichten darin nicht wahrhaben wollen …«

»Genug der Philosophie«, bestimmte Raistlin. »Die steht dir nicht gut an.«

Sturm fuhr fort. Seine Augen waren aufs Feuer gerichtet. »›Es ist eine einfache Legende, Fürst Gunthar Uth Wistan‹, meinte der grüne Mann. ›Lady Hollis hat sie mir erzählt.‹

Dann stieg Hollis oder Ragnell oder wie sie auch immer heißt von dem Zentauren. – Sie waren sich nicht einig, wer sie war, wißt ihr«, erklärte Sturm, der versonnen in die glühenden Kohlen starrte. »Manche sahen eine abscheuliche Hexe von dem Zentauren steigen; andere haben eine schöne, junge Frau mit einem Efeukranz in den dunklen Haaren gesehen. Ein paar – sehr wenige – sahen überhaupt keine Druidin.«

Er schüttelte lächelnd den Kopf, und die Zwillinge sahen einander fragend an.

»Aber alle hörten Vertumnus und konnten sich deutlich an seine folgenden Worte erinnern.

›Ich habe gehört‹, verkündete der grüne Mann, ›daß eine Druidin einen so mächtigen Zauber wirken kann, daß ein Verräter – der auf abscheuliche Weise Freund und Orden und Land betrogen hat – sein Schwert nicht mehr aus der Scheide ziehen kann. So sagen jedenfalls die Druiden.‹

Der Ratssaal lag in tiefem Schweigen, erzählte Gunthar. Kein Wort fiel unter den Bannern. Dann schraken alle auf, weil sie hörten, wie eine Klinge gezogen wurde. Alles drehte sich gleichzeitig nach dem Geräusch um.«

»Bonifaz!« lachte Raistlin triumphierend. »Das dumme Großmaul ist auf einen kinderleichten Trick hereingefallen!«

»Was für ein Trick?« fragte Caramon, der über den Tisch nach mehr Brot griff. »Ich dachte, es ging um Druidensprüche.«

»Du hast recht, Raistlin«, sagte Sturm. »Der Schuft war entlarvt. Bonifaz stand schamrot und entsetzt mit halb gezogenem Schwert bei seinem Stuhl.

Vertumnus grinste bei diesem Anblick. ›Ich glaube natürlich nicht an solche Legenden, auch wenn ein paar von euch sie vielleicht ganz überzeugend finden‹, meinte er und kletterte zu Fürst Gunthar auf das Podest.

Bonifaz zog das Schwert vollends aus der Scheide und stolzierte mitten in den Saal. Ich kann mir sein Gesicht vorstellen. Ich bin sicher, daß ich seinen Ausdruck schon selbst gesehen habe. ›Will der Herr der Wildnis mich etwa finsterer Verbrechen anklagen?‹ fragte er laut, und ich wäre zu gern im Saal gewesen – ob als Fuchs oder Rabe oder auch nur als Spinne –, um zu sehen, was dann geschah.

Denn Vertumnus schüttelte nur den Kopf. ›Deine Schwerthand klagt dich an, Bonifaz von Nebelhafen‹, erwiderte er mild, und ich weiß, daß diese Milde weitere Kohlen auf die wütende Glut der Kronenhüter schaufelte.«

Wortlos stand Sturm vom Tisch auf und stellte sich erst an den Kamin, dann ans Feuer. Draußen hatte es aufgehört zu schneien, und die Sterne blinkten gelegentlich durch die tief hängenden Wolken. Am Rand des Osthimmels glänzte die weiße Sichel von Solinari am Horizont.

Vom roten Mond war nichts zu sehen.

Sturm holte tief Luft und drehte sich zu seinen Freunden um.

»›Dann soll mich mein Schwert von Beleidigung und Verleumdung reinwaschen‹, sagte Bonifaz und erhob sein Schwert zur offiziellen Forderung zum Zweikampf. Vertumnus nickte und streckte seine Schwerthand aus, und es heißt, grünes Feuer wäre über seine Finger getanzt. Dann winkte er Fürst Gunthar einmal geheimnisvoll zu und fragte flüsternd, aber gut hörbar: ›Borgt mir denn niemand hier ein Schwert?‹

Gunthar behauptet, er wüßte nicht, warum er Vertumnus sein Schwert gegeben hat. Die Kronenhüter nennen ihn einen Verräter. Den ganzen Winter und bis in den Frühling haben sie ihn noch ärger beschimpft, und selbst Fürst Alfred meint, Gunthar wäre bezaubert gewesen.

Gunthar sagt, es war etwas anderes. Er sagt, daß er trotz des

Aufruhrs und der Beschuldigungen froh ist, daß er es getan hat.

Aber was es auch war, Bezauberung oder freier Wille, er zog sein Schwert und gab es Vertumnus, der sich reckte, gähnte und mitten in den Raum sprang, direkt vor Fürst Bonifaz.

›Echte Waffen, ja?‹ fragte der Herr der Wildnis.

›Turnierwaffen‹, erwiderte Bonifaz nervös und steckte sein Schwert ein, während Derek Kronenhüter sich von dem aufdringlichen Elch löste und zu der Truhe lief, in der die Weidenschwerter lagen.

›Wie du willst‹, antwortete Vertumnus. ›Also Turnierwaffen, und möge der Schwertarm des Siegers die Wahrheit ans Licht bringen.‹«

Caramon beugte sich vor. Jetzt kam der Teil der Geschichte, auf den er gewartet hatte.

Otik hustete ungeduldig hinter der Theke. Er wollte schließen, doch die drei jungen Männer machten weder Anstalten, ihre Mäntel und Sachen zu holen, noch zur Tür zu gehen. Laut pfeifend, wischte der Wirt die leeren Tische ab, doch auf seinem Weg durch den Raum erhaschte er ein paar Sätze und blieb stehen, weil er wie die Zwillinge von Sturms Erzählung gebannt war.

Sturm schloß die Augen. »Dreihundert Menschen sahen erwartungsvoll zu, wie die beiden Männer einander umkreisten und die Weidenschwerter durch die rauchige Luft pfiffen. Ich weiß, wie sich das anhört. Vor gut einem Jahr habe ich es selbst gehört.

Und da ich beiden im Kampf gegenübergestanden habe, kann ich euch sagen, wie es wohl losging. Vertumnus führte seine Waffe kräftig und unbeschwert wie ein Gaukler, während Bonifaz ihn mit stärkeren, ausgefeilteren Bewegungen bedrängte. Ich hätte wetten können, daß es ein Kampf zwischen Gleichen war, auch wenn sie noch so gegensätzlich schienen.

Aber Gunthar erzählte mir etwas anderes. Er sagte, der Herr der Wildnis hätte den Kampf von Anfang an unter Kontrolle gehabt. Einmal, zweimal und ein drittes Mal parierte er Fürst Bonifaz' Vorstöße, bis er beim dritten Mal hoch in die Luft sprang und einfach hinter seinem Gegner landete, dem er mit der flachen Klinge des Weidenschwerts einen Schlag auf den Hintern versetzte.

›Gleiches Recht für alle!‹ rief Vertumnus mit kreischendem Spott, so daß Bonifaz rot anlief und sich auf ihn stürzte. Diesmal traf Vertumnus' Schwert den Ritter ins Gesicht und verpaßte ihm auf jeder Seite eine Ohrfeige, bevor Bonifaz dazu kam, die Hiebe zu parieren.«

»So eine ... so eine *Frechheit*!« rief Caramon entzückt aus, und Sturm nickte, während er schuldbewußt mit seinem eigenen rachsüchtigen Entzücken kämpfte.

»Gunthar sagte, es war einfach unwürdig und daß er sich am liebsten abgewendet hätte, aber daß er das zum Glück nicht gemacht hat. Er sagte, daß er neugierig aus den Augenwinkeln zum Hofrichter geschielt hätte, dessen Schultern vor Lachen bebten.

Spielerisch trieb Vertumnus seinen Gegner rückwärts durch den Raum, ließ seine Klinge sausen und pfeifen. Er berührte die Spange an Bonifaz' Hals mit seiner Schwertspitze, zuckte einmal mit dem Handgelenk und ließ das Ding und seinen Umhang auf den Boden fliegen. Dann nahm der grüne Mann sein Schwert in die linke Hand, hielt sich mit der rechten Hand die Augen zu und brachte Solamnias besten Schwertritter zum Stillstand. Selbst blind machte er die richtigen Paraden und übertraf Fürst Bonifaz an Geschicklichkeit und Schnelligkeit.«

Caramon pfiff leise und anerkennend. Otik hustete wieder.

Mit dem nassen Lumpen in der Hand beugte er sich neben den dreien über den Tisch.

Sturm war so von seiner eigenen Geschichte gefesselt, daß alle Aufmerksamkeit und Höflichkeit dahin waren. Seufzend setzte sich Otik hinter Caramon und hörte zu, wie das Duell weitergegangen war.

»In den hinteren Ecken des Ratssaals waren ein paar von den jüngeren Rittern so hingerissen von der Tapferkeit und Kampfkunst des Herrn der Wildnis, daß sie zu applaudieren begannen. Der Herr der Wildnis bewegte sich mit den raubtierhaften Schritten eines jungen Mannes, und seine Schwerthand, die mit genialer Tollkühnheit zuschlug, verschwand im Fackellicht immer wieder, als das Schwert blitzschnell herumsauste und wie eine Flöte sang.

Und was jetzt kommt, hat Fürst Gunthar mir erzählt, und alle anderen Ritter sahen es genauso: Plötzlich krachten und bröselten die alten Steinwände des Ratssaals und trieben Äste aus. Aus den uralten Bodenfliesen sprossen Bäume, aus den Mauern drangen Ahorn, Eiche und Schwarzdorn. Vertumnus kam auf Bonifaz zu und schwenkte sein Weidenschwert.

Da wollte Bonifaz auf die nächste Tür zustürmen, wo ihm jedoch ein sehr alter Mann mit weißem Bart und grünen Girlanden überall den Weg versperrte. Das Fackellicht wurde gedämpft von seiner Rüstung und seinem Prunkschild zurückgeworfen, als der alte Mann eine Art Trompete hervorzog und einen Jagdruf blies.«

»Stephan?« fragte Raistlin mit ironischem Lächeln.

Sturm nickte. »Gunthar erkannte ihn sofort. Bonifaz wohl auch, denn er hielt sich an einem Stuhl fest, um nicht zu schwanken.

An der Tür nahm auch Fürst Stephan Kampfhaltung ein. ›Blatt zu Blatt, Herr der Wildnis!‹ jauchzte er, und neben ihm keckerte ein nervöses Eichhörnchen. ›Und mögen die Steine von Schloß Feuerklinge gegen Bonifaz von Nebelhafen ihre Stimme erheben!‹«

»Bei Paladin, das wird ja richtig aufregend!« rief Otik hinter dem gebannt lauschenden Caramon. Alle drei Freunde drehten sich überrascht zu dem stämmigen Wirt um, der rot wurde und Sturm zuwinkte. »Weiter, junger Mann. Es ist noch nicht spät, auch wenn das Haus geschlossen ist.«

Sturm nickte und kehrte zu seiner Geschichte zurück.

»Vertumnus fuhr herum, und sein Blick folgte seinem Gegner ›mit verächtlicher Erheiterung‹, wie Fürst Gunthar es nannte. Er pflückte einen Olivenzweig aus dem Dickicht über sich und wies damit auf die Ritter auf der Plattform, die beiseite gingen, derweil Bonifaz immer noch mit erhobenem Schwert zwischen den Stühlen zurückwich.

Ausgestoßen und ausgeliefert blickte der Ritter zu dem letzten Ausgang hinter dem Podest, der von einer Holzplatte verdeckt war. Auch dort stand jemand – grün und jung und irgendwie bekannt ...«

Sturm lächelte bei dem Gedanken an Jack Derry. Im stillen wünschte er seinem jungen Freund alles Gute.

»Es gab also keinen Ausweg. Im überfüllten Ratssaal, mitten unter den Ordensrittern, spielte Bonifaz Kronenhüter von Nebelhafen sein letztes Spiel nach dem Maßstab.

›Beim Maßstab, Fürst Vertumnus‹, rief er mit lauter, sicherer und kampfgestählter Stimme, die sich über das Gemurmel der Ritter und das Horngetute und das Getrommel der Dryaden erhob, das in den Dachsparren wieder weiterging. ›Ich bestehe darauf, daß wir nach den Regeln des solamnischen Ordens kämpfen.‹

›Auch gut‹, stimmte Vertumnus zu. ›Aus meiner Sicht ist ein Maßstab so gut wie der andere.‹

Dann kam Bonifaz vom Podest herunter, und die Weidenschwerter prallten zum letzten Mal aufeinander.«

Hier machte Sturm eine Pause. Er trank einen Schluck Tee und blickte träumerisch ins Feuer.

Was du jedenfalls gelernt hast, Sturm Feuerklinge, dachte Raistlin, ist das Geschichtenerzählen.

»Der Ausgang«, fuhr Sturm fort, »war praktisch von Anfang an klar. Zweimal fiel Bonifaz hin, weil er genau über die Regeln stolperte, die er so gut kannte. Sein Schwert wirkte schwerfällig, seine Bewegungen waren vorhersehbar, und obwohl die Waffe des grünen Mannes sich anfangs gleichfalls langsam bewegte, wurde sie rascher und genialer geführt. Der Herr der Wildnis kämpfte nach allen Regeln der Kunst, so präzise, wie man es sich auch nur vorstellen kann, und trotzdem sagte mir Fürst Gunthar, daß Vertumnus noch Zeit für übermütiges Herumprobieren fand.

Das erste Mal stürzte Bonifaz, als er über die Stufen des Podests stolperte. Er rutschte Fürst Alfred vor die Füße, schlug sich die Hände und Knie auf und ließ das Weidenschwert los, das bis vor den Dienstboteneingang rutschte, wo Jack Derry aus dem Schatten trat und die Waffe mit dem Fuß aufhielt und in derselben Bewegung gleich zu Bonifaz zurückstieß.

Der Ritter kam taumelnd hoch, hob das Schwert auf und wirbelte zu Vertumnus herum, der höflich stehengeblieben war und gewartet hatte, bis sein Gegner wieder soweit war. Sie kreuzten ein paarmal die Klinge, doch dann griff Vertumnus mit einer Reihe ernsthafter Stöße und Schläge an, und ehe der Ritter sich ducken oder ausweichen konnte, setzte er ihm die stumpfe Schwertspitze an den Hals.

›Sei dankbar, Bonifaz‹, erklärte Vertumnus, ›denn du bist zwar ein Verräter an deinem Orden, aber kein geschickter Mörder. Auch wenn dein Geld und deine Schlauheit den Paß von Kastell di Caela nach Schloß Feuerklinge versperrten, ihn mit vierhundert Banditen besetzten, bist du kein Mörder. Agion Pfadwächter hätte den Hinterhalt bemerken müssen … hätte klugerweise umkehren müssen. Es war Zufall, daß er in jener Winternacht bei der Rebellion und Belagerung ums Leben kam.«

»Was?« rief Caramon aus. »Aber, Vertumnus –«

»Hat Bonifaz einen Ausweg gelassen!« rief Raistlin. »Also, so etwas! Erkennst du es nicht, Bruder? Der Maßstab bestraft Verrat mit Verbannung, Mord mit dem Tod!«

Sturm lächelte. »Für so einen ... Kritiker des Ordens wie dich, Raistlin, kennst du seine Regeln aber sehr genau. Mit dieser Probe hat Vertumnus sichergestellt, daß Fürst Bonifaz bestraft wurde, ihm aber gleichzeitig vergeben.«

»Da komm' ich nicht mit«, sagte Caramon.

»Ich auch nicht«, knurrte Otik hinter ihm.

Raistlin verdrehte die Augen. »Ist doch einfach, soweit ich sehe. Bonifaz mußte nur gestehen, daß er mit diesen Räubern verhandelt hat, wie Sturm es uns erzählt hat, und dann sagen, daß er *nicht die Absicht hatte,* Agion Pfadwächter oder einem seiner Ritter ein Haar zu krümmen. Die Anklage des Verrats würde bleiben, aber das Kapitalverbrechen Mord würde der Orden ... übergehen. Aber auch ich begreife nicht, warum Vertumnus seinem alten Feind zu einem bequemen Exil irgendwo im Hinterland verhelfen wollte.«

»Dann hör dir den Rest der Geschichte an«, sagte Sturm.

»Die nächsten Worte des grünen Mannes an Bonifaz waren nämlich eine Warnung: ›Du kannst wählen‹, sagte er und hob im dunklen Saal seine Flöte. ›Wähle weise!‹

›Aber Verrat ist schlimmer‹, sagte Bonifaz, ›auch wenn die Strafe nur Verbannung ist. Obwohl der Mörder am Strick baumelt, ist Verrat viel schlimmer. Ich will nicht mein Leben lang dafür bezahlen. Nein‹, sagte er mit erhobener Stimme, so daß jeder im Saal sein Geständnis hören konnte. ›Ich werde dem Schwert treu bleiben und sterben, wo ich gelebt habe, in den Armen des Maßstabs. Agion Pfadwächter und seine Garnison sind tot, und ich habe sie alle getötet und ihren Tod geplant. Vielleicht bin ich ein Mörder, aber ich glaube, daß ich den Orden nie verraten habe.«

»So ein Narr!« rief Raistlin aus. »Wo ihm schon die Freiheit winkte … das war doch regelrecht Selbstmord!«

»Oder etwas anderes«, sagte Sturm. »Denn ich kann beim besten Willen nicht sagen, ob es Dummheit war oder das edelste Ende, das er noch wählen konnte.

Jedenfalls stieg Bonifaz ruhig vom Podest herunter und gestand allen Anwesenden seine Schuld am Tod von Agion Pfadwächter. Fassungslos über das, was geschehen war, starrte Gunthar den Herrn der Wildnis an, der finster zurückblickte. Er sagt, Vertumnus' Augen wären ›dunkel und unergründlich‹ gewesen, und er vermutet, daß Vertumnus von seinen dasselbe gesagt hätte.«

Eine sehr lange Pause zeigte allen, daß die Geschichte zu Ende war. Nach ein paar Minuten stand Otik auf und ging wieder an seine Arbeit, während sich die drei Freunde über den Tisch anstarrten.

Sie schwiegen andächtig, während Caramon seinem Bruder sanft einen Mantel umlegte. Gemeinsam traten die drei in die Nacht von Abanasinia hinaus, und am Morgen konnten die ersten Passanten an den Spuren im frischen Schnee erkennen, wo ihre Wege sich getrennt hatten.

Aber es gab noch etwas, das Gunthar dem Sohn seines alten Freundes nicht erzählt hatte, noch etwas, das er lieber für sich behalten hatte, weil er fürchtete, daß er – selbst wenn er es nur Sturm verriet – ein echtes Geheimnis preisgab.

Denn die Ritter hatten Bonifaz feierlich zum Klang der Flöte abgeführt. Zum Jahreswechsel wurde ein Galgen im Hof aufgestellt, und nur wenige, die nicht im Ratssaal gewesen waren, wußten, daß Bonifaz Kronenhüter von Nebelhafen dort am ersten Frühlingstag gehenkt werden würde. Wenige wußten es, doch seine Aussage vor dem Orden sprach eindeutig gegen ihn, so daß er schließlich trotzig in seiner glänzenden Rüstung von Solamnia die Stufen zum Galgen hinaufstieg.

Aber soweit war es in dieser Julnacht noch nicht, als Vertumnus eine Stunde, nachdem die Wachen Bonifaz abgeführt hatten, noch bei den Rittern herumsaß. Nachdem er Dryaden, Zentauren, Druidin und Bär fortgeschickt hatte, spielte der Herr der Wildnis seine Flöte ein letztes Mal vor der Ritterschaft. Es war eine kurze, traurige Serenade, bei der alle Ritter und Knappen und Pagen und Diener sitzen blieben und gebannt lauschten, während der Herr der Wildnis sie mit seiner Melodie tröstete.

Und aus jener Nacht gibt es einen Bericht über das, was danach geschehen war. Angeblich begann Vertumnus plötzlich mit einer Melodie, die so alt war, daß neue Bäume, von denen man seit dem Zeitalter der Träume nichts mehr gehört hatte, die man nur aus den Liedern der Barden kannte, aus dem Boden des Saals wuchsen, und die Ritter erkannten sie, ohne fragen zu müssen, einfach durch einen eigenartigen, wilden Impuls in der Musik.

Plötzlich erkannte Gunthar die Tonfolge und fing an zu singen. »*Aus dem Dorfe*«, sang Gunthar, und gleich fiel Fürst Alfred neben ihm ein, so daß ihre Stimmen ein unmusikalisches, aber kraftvolles Duett ergaben:

»... aus den armen, bedrängten Landen,
aus Grab und Acker, Acker und Grab,
wo erstmals sein Schwert
die letzten, grausamen Schwünge der Kindheit
beschrieb,
und er erkannte den endlosen Rückzug
der Lande,

wie ein Leuchtfeuer strahlte er,
stets vom gleitenden Flug
des Eisvogels beschirmt …«

Einer nach dem anderen stimmten die Ritter mit ein, und das Lied erhob sich wie immer, doch diesmal mehr als Musik denn als Sprechgesang, diesmal mit dem Segen und der Führung einer Melodie, die nicht aus dem Orden kam, einer Weise jenseits von Eid und Maßstab.

Nur wenige Ritter blickten zu Humas Stuhl, aber drei Pagen, die ehrfürchtig auf den heiligen leeren Platz starrten, sahen einen geisterhaften Helm und Brustharnisch, ein rot-silbernes Schimmern am Ehrenplatz sitzen, als ob die zwei Monde sich vereinigt hätten, um die Geschichte fortzuschreiben.

Keiner der älteren Ritter sah die Erscheinung.

Auch nicht Vertumnus selbst, dessen Gedanken nicht einmal Gunthar kannte. Gedanken, die den Turm umwoben, seine Schießscharten und Zinnen, durch Vergangenheit, Gegenwart und eine Zukunft, die den Jungen aus Solace zurückbringen würde, mitgerissen von Truppen, denen er sich angeschlossen hatte – Truppen, die ihn in sechs Jahren auf die Zinnen steigen lassen würden, wenn der Turm unter Belagerung stehen und der Krieg der Lanze um ihn herum toben würde.

Du kannst wählen, Sturm Feuerklinge, dachte Vertumnus, der zum letzten Mal im großen Ratssaal die Flöte absetzte, in dem Moment, bevor er in seine Welt aus Blättern und Licht verschwand. Blätter und Licht und Bäume verschwanden mit ihm, so daß der Raum leer im Schatten lag. Schließlich und endlich kannst du wählen.

Eine einzelne, grüne Rose zierte in wilder Vollkommenheit Humas Platz.